فہرست

(۱) مَلبہ سانس لیتا ہے

محمد حمید شاہد

جب آوی کے پاس فرشتے اترے

ماسٹر فضل جُو ٹھیک ٹھیک آنکنے میں ناکام رہے تھے کہ اُنہوں نے کِتنی دیر تلاوت کی تھی۔ رمضان کے عین آغاز میں ہی وہ تخمینہ لگا چکے تھے کہ روزانہ اِتنا پڑھیں گے تو ستائیسویں کو ختم القرآن کی مطلوبہ تعداد مکمل ہو گی۔ مگر جوں جوں روزے ایک ایک کر کے کم ہو رہے تھے اُن کی تشویش بڑھتی جا رہی تھی۔ جِس قدر اُنہیں پڑھنا چاہیے تھا، وہ پڑھ نہیں پا رہے تھے اور بعض روز تو یوں ہوتا تھا کہ وہ اپنے تئیں رات بھر تلاوت کرتے رہتے تھے مگر جو ورق اُلٹ پلٹ کر دیکھتے تو خود کو کوسنے اور شیطان مَردُود کو پھٹکارنا شروع کر دیتے کہ آخر تلاوت کرتے کرتے وہ کہاں چلے جاتے تھے۔

تو یوں تھا کہ آج بھی وہ کہیں اور تھے۔

رات تَراویح سے لوٹے تو یہی کوئی گھنٹہ پون گھنٹہ ہی کمر سیدھی کر پائے ہوں گے کہ انہیں لگا جیسے کوئی روئی جیسے ملائم ہاتھوں سے اُن کے پاؤں کے تلوے سہلا رہا ہو۔ اُنہیں مزا آ رہا تھا مکّر مار کر پڑے رہے حتیٰ کہ تراویح میں مُسلسل کھڑے رہنے سے ٹانگوں میں جمع ہو کر جم جانے والا خُون نرم و گداز لمس کی لطیف حرارت سے پھر رواں ہو گیا۔ ایسے میں ہی شاید، دائیں پاؤں کے تلوے کی عین ڈھلوان میں، وہاں جہاں پوست قدرے زیادہ ڈھیلا پڑ جانے کی وجہ سے سہولت سے چٹکی میں آ جاتا ہے، چٹکی میں لا کر

مسل دیا گیا۔ چٹکی میں آنے والے پوست سے لگے گوشت نے لمحہ بھر کے اندر اندر ایک میٹھے درد کو پورے بدن میں جھونک دیا۔ وہ ہڑبڑا کر اُٹھے اور ابھی نظر کا چشمہ تلاش نہ کر پائے تھے کہ ایک کھنک سی فضا میں تیر گئی۔ اُن کے سنبھلتے سنبھلتے سارا کمرا گہری خاموشی اور اکیلے پن کے احساس سے گونج رہا تھا۔

کمرے میں مدھم روشنی والا بلب، فینسی شیڈ کے اندر سے اُن کے بستر سے قدرے دور، دبیز قالین پر، ایک دائرے میں روشنی پھینک رہا تھا۔ وہ کچھ بھی سوچے بغیر بٹر بٹر اس دائرے کو بہت دیر تکتے رہے حتی کہ خواب میں بدن کا حصہ ہو جانے والا لطیف احساس خود بخود معدوم ہو گیا۔ اب انہیں اس ماہ مبارکہ کی پاکیزہ ساعتوں کے یوں ہی گزر جانے کا احساس تڑپا رہا تھا لہذا اُٹھے اور سیدھے واش روم میں گھس گئے۔

وضو تازہ کرنے کے بعد وہ تب سے پڑھنے بیٹھے تھے، اور سحری کے لیے جگانے والے سرکاری سائرن کی دوسری لمبی گھوں پر وہ بوکھلا کر سیدھے ہو گئے تھے۔ یہ بوکھلانا اتنا شدید اور غیر متوقع تھا کہ گود میں پڑا ہوا قرآن پھسلنے لگا تھا۔ انہوں نے فوراً اُسے تھام لیا۔ ہڑبڑاہٹ کچھ کم ہوئی تو اس نشانی کو تلاش کیا جہاں سے انہوں نے تلاوت کا آغاز کیا تھا۔ پھر تیز تیز ورق اُلٹتے الٹتے وہاں پہنچے جہاں تک، وہ اپنی دانست میں پڑھ چکے تھے۔

"ہائیں، بس اتنا ہی"

یہ انہوں نے قدرے اُونچی آواز میں کہا تھا اور ابھی تک فضا میں اُن کی بات ٹھہری ہوئی تھی کہ اُنھوں نے قرآن پاک کو دونوں طرف سے اور وسط میں بار بار بوسے دینے اور دائیں بائیں آنکھوں سے لگانے کے بعد چھاتی سے یوں بھینچ لیا جیسے فضیلت بھینچ لیا کر تی تھی۔

جب اُس کی ڈولی اُٹھی تھی تو فضیلت جان کو سولہواں لگا تھا۔ الھڑ اِتنی کہ ایڑھیاں

زمین پر ٹکتی نہ تھیں۔ قد نکلتا ہوا، رنگ کِھلتا ہوا اور آوازیوں کہ آدمی سنے تو مست ہو جائے۔ جب وہ آئی تھی تو اس کا نام فضیلاں تھا اور اسے بہت ساری باتوں کی سمجھ بھی نہ تھی۔ جیجو کمہار کی بے ماں بیٹی، جو باپ کے ساتھ مٹی ڈھوتے، اسے گوندھتے، صحنکیں، گھڑے، بٹھل، چھونیاں، کوزے، چلمیں اور ہوبجے چاک پر چڑھاتے اور ان کی صورتیں بناتے ہوئے خود ایسی بھولی بھالی صورت میں ڈھل گئی تھی کہ اٹھی نظر ہٹتی نہ تھی۔ جیجو خود بھی اسے دیکھتا تو اس کے پسینے چھوٹ جاتے تھے۔ فضیلاں کے پیدا ہونے اور فضیلاں کی ماں کے مرنے کا واقعہ ایک ساتھ ہوا تھا۔ تب سے اب تک وہ اس کے لیے امتحان تھی۔ اور جب اس کا امتحان اس کی برداشت سے باہر ہو گیا تو خدا نے اس کی مشکل خود ہی آسان کر دی۔

یہ مشکل یوں آسان ہوئی تھی کہ فضل جُو بھی اُس کے گھر کے پھیرے لگانے لگا تھا۔

فضل جُو، جو ابھی خاکوٹ کے پرائمری اسکول میں ماسٹر نہیں لگا تھا، دوسرے نوجوانوں کی طرح بلا سبب کئی کئی بار مٹی کے تباخ اور صراحیاں خرید چکا تھا۔ وہ اس کے گھر کے چکر کیوں لگا رہا تھا؟ وہ بہت جلد سمجھ گیا تھا اور یہ بھی جان گیا تھا کہ وہ یہاں سے جو کچھ خرید لے جاتا تھا، گھر نہ لے جاتا تھا۔ اگر لے گیا ہوتا تو پیش امام صاحب، اور بی بی صاحبہ کو ضرور کھٹک جاتا۔ تاہم وہ بے بس تھا اور اِتنا کم حیثیت کہ کوئی خدشہ یا کوئی شکایت منہ پر لانے کا سوچتا بھی تو اس کی کمر کے کپڑے گیلے ہو جاتے تھے۔

واقعات کے اِسی تسلسل میں، جب جیجو مایوسی کی اس انتہا کو پہنچ گیا تھا جس میں خود سے خدشہ ہونے لگتا ہے کہ اس روگ سے تنگ آکر کہیں اپنی جان کا نقصان ہی نہ کر بیٹھے، ایک ایسا واقعہ ہوا کہ مایوسی اس کے بدن سے خود بخود نچڑ گئی۔ واقعہ یہ ہوا تھا کہ فضل جُو گاؤں کے دوسرے لونڈوں سے اُلجھ پڑا تھا کہ وہ نہیں چاہتا تھا کہ کوئی اور جیجو کی آوی

کے چکر لگائے۔ یہ اکیلا تھا اور وہ چار، لہٰذا انہوں نے فضل جُو کی ہڈیاں کوٹ کر رکھ دی تھیں۔ یہ واقعہ اگرچہ خُوشگوار نہ تھا مگر اس ایک واقعے نے کل تک گاؤں بھر کے دوسرے لونڈوں جیسا نظر آنے والے فضل جُو کو ان سب سے مختلف ہو کر دیا تھا جو اس کی بیٹی فیصلاں پر شرمناک نظریں گاڑنے اور لَپ لَپ رالیں ٹپکانے والے تھے۔

پیش اِمام صاحب جتنی بار مسجد جاتے تھے، فضل جُو لگ بھگ اتنی ہی بار بہانے بہانے سے جیجو کے گھر کے پھیرے لگا آتا۔ فضل جُو کا باپ گاؤں کی مسجد میں پیش امام تھا اور جیجو کمہار ماشکی۔ جیجو مسجد کا پانی تو باقاعدگی سے بھرتا تھا مگر نمازی وہ عید بقر عید والا تھا کہ اس بہانے اسے کپڑوں کا نیا جوڑا پہننے کو مل جاتا تھا۔ اس کا خیال تھا کہ نئے کپڑے جسم پر نماز کے بعد ہی حلال ہوتے اور زیادہ عرصے تک چلتے تھے۔ کپڑوں کے نئے جوڑے میں برکت کی نیت سے وہ مسجد کے اندر جا کر ماتھا ٹیک آتا تھا مگر پوری یکسوئی سے نماز اس لیے نہ پڑھ پاتا کہ رکوع میں جاتے ہوئے یا پھر سجدہ کرتے ہوئے کپڑوں کا نیا پن اسے اپنی طرف متوجہ رکھتا تھا۔ نماز پڑھنے کے بعد مسجد سے نکلتے ہی اسے فکر لاحق ہو جاتی تھی کہ سجدہ کرتے اور رکوع میں بیٹھتے ہوئے اس کے کپڑے گھٹنوں تلے آ کر مسک گئے ہوں گے۔ وہ تسلی کرنے لیے راہ میں کئی بار جھک کر انہیں دیکھتا، ہاتھوں میں تان کر اور پھٹک کر جانچتا۔ ایسا کرنے میں وہ اس قدر مگن ہو جاتا تھا کہ اکثر راہ گیروں سے ٹکرا جاتا تھا۔ ایسے میں اسے تو بہت خجالت کا سامنا کرنا پڑتا تھا جب کوئی بڑی عمر کی خاتون اس پر گالیوں کی بوچھاڑ کر دیتی تھی۔

گاؤں کی دوسری روایات کی طرح کمہار ہونے کی حیثیت سے ماشکی کا کام بھی اس کے فرائض میں شامل تھا۔ نمازیوں کی خدمت کا جذبہ اس کے اندر شاید اس لیے پیدا نہ ہو سکا تھا کہ مسجد کا حوض بھرتے بھرتے اس کی کمر دوہری ہو گئی تھی۔ جب بھی اس کے

کپڑے پھٹتے تھے، یا تو کمر سے پھٹتے، جہاں وہ مشک ٹکایا کرتا تھا یا پھر عین گھٹنوں کے اوپر سے۔ اسے ہر بار شک ہوتا کہ پہلے روز سجدہ کرتے وقت گھٹنوں تلے آکر کپڑا زمین سے رگڑ کھا کر پتلا ہو گیا ہو گا اور چھاننی بن جانے والا کپڑا تو ایک روز پھٹ ہی جایا کرتا ہے۔ ایسے میں وہ خلوصِ دل سے تمنا کرتا کہ کاش وہ ماشکی نہ ہوتا اور صرف کمہار ہوتا مگر دوسرے ہی لمحے اسے اپنی حماقت پر رونا آجاتا تھا کہ بھلا کیسے ممکن تھا، ایک آدمی کمہار تو ہو اور ماشکی نہ ہو؟

کمہار ہو کر مسجد کا ماشکی ہونا اسے وراثت میں ملا تھا۔ اس کا باپ، بہت پہلے شدید سردیوں میں، ابھی تاروں کی چمک مدھم نہیں ہوئی تھی اور شیدے بانگی نے فجر کی اذان بھی نہیں دی تھی، پانی بھر کر لاتے ہوئے عین مسجد کی پرلی نکڑ کے پاس، ٹھوکر کھا کر منہ کے بل گر گیا۔ یوں کہ، چمڑے کی مشک کے منہ پر مضبوطی سے جما اُس کا ہاتھ ڈھیلا پڑ گیا، اور گڑگڑ کرتا پانی نکل کر اسے پوری طرح بھگو گیا تھا۔ اُسے گھٹنے پر چوٹ آئی، چوٹ اگرچہ زیادہ نہ تھی مگر کسی پتھر کی نوک پر پڑنے سے گھٹنے میں اتنی فوری اور شدید تکلیف ہوئی تھی کہ اس کی آنکھوں کے آگے تِرمِرے ناچ گئے تھے۔ جب تک اس درد کی شدت مدھم ہوئی، مشک کا یخ پانی اسے پوری طرح بھگو چکا تھا۔ گھر پہنچا تو وہ ٹھرّوں ٹھرّوں کر رہا تھا۔ پھر اسے تپ چڑھا اور اس تپ نے اسے اتنی ہی مہلت دی کہ مشک بیٹے کو تھما دیتا۔ بیٹے کی مسیں ابھی پوری طرح بھیگی نہ تھیں کہ بھیگا ہوا باپ ٹھٹھر کر مر گیا۔ اسے مشک سے نفرت ہو گئی۔۔۔ مگر وہ اس نفرت کے ساتھ زندہ رہنے پر مجبور تھا۔

جیجو اپنے مرحوم باپ کی طرح وضو خانے سے ملحق حوض کو پانی سے بھرتا رہتا۔ حوض ہر نماز کے بعد خالی ہو جاتا تھا۔ اسے ان لوگوں پر بہت غصہ آتا جو اس کے گمان میں زیادہ پانی خرچ کرتے تھے۔ ان میں سے جازو جولاہے، فیقے مستری اور میر شفیع کو وہ

مسجد سے واپس آتے ہوئے ہر بار اس حال میں دیکھا کرتا کہ ان کی قمیضوں کے دامن، داڑھیاں یا پھر شلواریں گھٹنوں تک تر نظر آتی تھیں۔ سودے لُون کے بارے میں تو گاؤں بھر میں لطیفہ مشہور تھا کہ اسے اپنا ایک ایک عضو بھگونے کے لیے الگ سے بھرا ہوا پانی کا لوٹا چاہیے ہوتا ہے۔

جیجو جب بھی خالی مشکیزہ کندھے پر جما کر سائیں سوجھے کی چِٹّی قبر کے پیچھے سے ہوتا پہاڑی کے ٹُڈھ سے بل کھا کر گزرتے پتلا پانی تک پہنچتا تھا تو اس کے پاؤں کے پنجے ڈھلوان میں مسلسل اُترنے کی وجہ سے اوپر اٹھنا بھول چکے ہوتے تھے۔ اسے وہاں سے مشکیزہ بھرنا ہوتا تھا وہاں پتھروں پر آگے ہی آگے چھچھلتی پھسلتی چلے جانے والی اُتھلے پانی والی یہ ندی پیالہ بن کر لمحہ بھر کے لیے پانی ٹھہرا کر آئینہ بنا لیتی تھی۔

وہ مشکیزہ بھر کر اس کا منہ مٹھی میں دبا لیتا اور شیشہ بنے پانی میں خاکوٹ کے مکانوں کے عکس دیکھتا تو اس کا دل بیٹھ جاتا تھا۔ ایسے میں جھک کر کندھے پر مشکیزے کو اٹھانا اور بھی مشکل ہو جاتا۔ تاہم وہ بوجھل دل کے ساتھ اوپر کو چل دیتا تھا۔ مسجد تک پہنچتے پہنچتے اسے سودے لُون سے جازو جولاہے تک جو بھی یاد آتا اس کی دل ہی دل میں ماں بہن ایک کرتا جاتا۔ تاہم وہ واقعہ جس نے اس کے روّیے کو تبدیل کر کے رکھ دیا تھا، وہ فضل جُو کا گاؤں کے دوسرے لونڈوں سے مار کھانا تھا۔ اب وہ اوپر سے پتلے پانی تک جس طرح بھاگتا ہوا جاتا تھا اور جیسے پانی سے بھرا ہوا مشکیزہ اٹھا کر پنجوں کے بل اچھلتا کودتا اوپر پہنچتا تھا، اُس پر سائیں سوجھے کی چٹی قبر ہر بار اسے حیرت سے دیکھنے لگتی تھی۔

بُری طرح پِٹ کر زخمی ہونے والے فضل جُو کو جب لوگوں نے اُس کے گھر پہنچایا تو اس کی ماں، جو بچیوں کو قرآن پڑھانے کی نسبت سے گاؤں بھر میں محترم تھیں اور سب انہیں بی بی صاحبہ کہتے تھے، پہلے تو بیٹے کی حالت دیکھ کر چکرا کر گریں، اور جوں ہی ہوش

آیا، چھاتی پیٹ پیٹ کر اپنے بچے پر یہ ظلم ڈھانے والوں کو کوسنے لگیں۔ پیش امام صاحب عصر کی نماز کے بعد مسجد گئے تو واپس پلٹنے کی بہ جائے اپنے مُرشد کے ملفوظات کی کتاب پڑھنے کے لیے وہیں حجرے میں بیٹھ گئے تھے، خلاف معمول اپنی بی بی کی کوسنے اٹھاتی آواز سنی تو ہڑبڑا کر حجرے سے باہر نکلے اور مسجد کے دروازے سے ملحق اپنے گھر کے دروازے پر جمع ہجوم کو چیرتے اندر گھس گئے۔ لوگوں نے اتنے قلیل عرصے میں وہ اشارے کر دے دیے تھے جو بیٹے کی حالت دیکھ کر اور بی بی کے بین سن کر انہیں سارا معاملہ سمجھا گئے تھے۔ تاہم اس لمحے جب وہ اپنے گھر کے آنگن میں کھڑے تھے، انہیں نہ تو زخمی بیٹا نظر آرہا تھا نہ پڑوسنوں کے درمیان کھڑی چھاتی کوٹتی اور گالیاں بکتی بی بی کہ وہ تو اپنی اس نیک نامی اور عزت کو خاک میں ملتا دیکھ رہے تھے جو عمر بھر کی ریاضت کا حاصل تھی۔ انہوں نے چھاتی کو وہاں زور سے دبایا جہاں انہیں بوجھ محسوس ہو رہا تھا، آنکھوں کے آگے اندھیرا سالہرانے لگا۔ اس خدشے کے باعث کہ کہیں چکرا کر وہ گر ہی نہ جائیں وہیں زمین پر بیٹھ گئے۔ بی بی صاحبہ نے پیش امام کو یوں زمین پر بیٹھتے دیکھا تو ان کی آواز حلقوم ہی میں ڈھے گئی تھی۔

شام کی نماز سے پہلے پہلے وہ ہوش میں آگئے تھے، مگر ہمت نہیں پڑ رہی تھی کہ وہ مسجد جائیں۔ تاہم انہوں نے یہ نماز قضا نہیں ہونے دی۔ اور جب وہ رو رو کر اپنے ان گنا ہوں کی معافی مانگ رہے تھے جو ان کی یادداشت سے باہر پڑے تھے اور جن کی سزا اُنہیں اِس رُسوائی کی صورت مِل رہی تھی تو آنسوؤں سے اُن کی داڑھی بھیگ گئی تھی۔ وہ بہت دیر بعد مصلے سے اٹھے، زخمی فضل جُو کا ہاتھ تھاما، یوں زور سے جھٹکا دے کر اُسے چارپائی سے اتار، کہ اگر وہ نہ اُترتا تو ہو سکتا تھا اُس کا بازو ہی کندھے سے اُتر جاتا۔ بی بی صاحبہ نے یہ دیکھا تو بھاگتے ہوے بیچ میں آئیں۔ پیش امام صاحب نے اسے دوسرے ہاتھ سے پرے

دھکیل دیا۔ وہ فضل جُو کو گھسیٹتے ہوے باہر نکل گئے۔ گاؤں والے ایک بار پھر بی بی صاحبہ کی چیخیں سُن رہے تھے۔

جیجو کے لیے ان ہونی ہو گئی تھی۔ پیش امام صاحب نے کچھ نام لیے اور انہیں فوراً بلا لانے کو کہا۔ جیجو سب کو بلا لایا حالاں کہ یہ سارے وُہ لوگ تھے، جن کی داڑھیاں، دامن یا گیلی شلواریں ہمیشہ اسے جی ہی جی میں مغلظات بکنے پر مجبور کیا کرتی تھیں۔ مگر جب وہ ان سب کو آوی کے پاس اپنی ٹوٹی ہوئی ان دو چارپائیوں پر بیٹھا دیکھ رہا تھا جن کے علاوہ اس کے گھر بیٹھنے کو کچھ تھا ہی نہیں، تو یہ بھی دیکھ رہا تھا کہ ان کے چہرے نور دھارے نے اجال رکھے تھے۔ پیش اِمام سمیت یہ سارے لوگ اُسے آسمان سے اُترے ہوے فرشتے لگ رہے تھے۔

لذت کہاں تھی؟

ماسٹر فضل جُو اب مڑ کر فضیلت کے بارے میں سوچتے تھے تو انہیں یوں لگتا تھا جیسے وہ تو ان کے لیے آسمان سے اُتری تھی، پنکھ لگا کر۔ وہاں جہاں جیجو کی آوی تھی۔ گاؤں کے لڑکوں سے پٹنا، ماں کا چھاتی کوٹ ڈالنا، ابا کا چکرا کر گرنا اور پھر گاؤں والوں کا جیجو چاچے کی آوی پر اکٹھے ہو کر اس کا نکاح کر دینا بس ایک بہانہ اور وسیلہ تھا۔

جب وہ چھاتی سے قرآن لگائے فضیلت کو سوچنے لگتے تو ڈھیروں وقت تیزی سے معدوم ہو جاتا تھا۔ جتنا وقت انہوں نے فضیلت کو سوچتے گزار دیا تھا، اتنا تو وہ ان کے پاس رہی بھی نہیں تھی۔ جس طرح فضیلت کو جنم دیتے ہوے اس کی ماں مر گئی تھی بالکل اسی طرح، اپنی شادی کے لگ بھگ چوتھے سال، جب کہ ابھی وہ محض انیس سال کی تھی، ماسٹر فضل جُو کے بیٹے کو جنم دیتے ہوے وہ خود بھی دم توڑ گئی تھی۔ ان چار برسوں کی

رفاقت انہوں نے کھینچ تان کر ساری عمر پر پھیلا لی تھی۔ چپکے سے چلے جانے والی، پنجوں کے بل چل کر آجاتی تھی اور سارے میں اُجالا پھیل جاتا تھا۔

"فضیلت ادھر آؤ تمہیں پڑھنا سکھا دوں"

وہ اُسے پاس بلاتے، قرآنی قاعدہ کھول کر پہلے حرف پر انگلی رکھتے اور اس کی بھولی صورت دیکھ کر "آ" کی آواز نکالنے کو کہتے۔ وہ کھلکھلا کر ہنس پڑتی۔

یہ کیا پڑھنا ہوا جی، اس طرح تو میں ابا کے کہنے پر شیدو ہا تو کی مرغیاں گھیرا کرتی تھی۔۔۔ آ، آ، آ"

فضیلت اتنے بھولپن سے یہ کہتی تھی کہ فضل جُو کی بھی ہنسی چھوٹ جاتی۔

وہ فوراً ہی مچلنے لگتی کہ اسے اسی طرح پڑھنا سکھایا جائے جس طرح خود لہک لہک کر ماسٹر جی تلاوت کرتے تھے۔ وہ بھاگ کر جاتی اور کارنس سے قرآن پاک اٹھا لاتی۔ محبت سے اس کا غلاف الگ کرتی۔ اسے دائیں اور بائیں آنکھ سے لگا کر چومتی اور دونوں بازوؤں میں یوں بھینچ لیتی تھی جیسے وہ اس کتاب کے ایک ایک لفظ کو اپنے سینے میں اتار لینا چاہتی ہو۔ ماسٹر فضل جُو کو سمجھ نہیں آتی تھی کہ وہ اپنی بیوی کی اس خواہش کو کس طرح پورا کرے۔ وہ شدید خواہش رکھتے ہوئے بھی لفظوں کو پوری صحت کے ساتھ اور صحیح مخرج سے ادا کرنے پر قادر نہ تھی۔ بعض اوقات تو وہ سبق دہرانے میں اتنی شدید غلطیاں کر جاتی تھی کہ وہ "نعوذ باللہ، نعوذ باللہ" کا ورد کرنے لگتے تھے۔ انہیں ساری عمر افسوس رہا تھا کہ وہ اسے نہ توڈھنگ سے نماز پڑھنا سکھا پائے تھے نہ قرآن۔ مگر جس طرح وہ سینے سے قرآن لگا کر لہک لہک کر گاتی رہتی تھی اس کی بابت سوچتے تو پورے بدن میں ایک عجب طرح کا کیف اور مستی بھر جاتی تھی:

"اُتّل کھر سی وِچ قرآن

آسوں پاسوں، تو رحمان

لوہے دیاں کنجیاں، تَرامے دے تالے

یا نبی تُساں کرماں والے

کول میرے ہن کوئی نئیں تھوڑ

اللہ والے مینوں تیری لوڑ

یا نبی دی چڑھی سواری

چواں گُٹھاں دی خبر داری"

اپنے پاک نبی کی اِس خبر داری میں وہ نہال رہتی تھی۔ تاہم "آیت" اور "کرسی" کے عام سے الفاظ بھی وہ صحیح طور پر ادا کرنے پر قادر نہ تھی۔ "آیت" اور "ال" کو ملا کر پڑھتی تو "اتُل" ہو جاتا اور "کرسی" کی بہ جائے وہ "کھرسی" کہتی تھی۔ ماسٹر صاحب سمجھاتے:

"کھرسی نہیں کرسی"

اور وہ سوچے سمجھے بغیر اِنتہائی عقیدت اور محبت سے دہراتی:

"کھرسی نہیں کھرسی"

جتنی بار اس کی تصحیح کی جاتی وہ اتنی بار، ویسے ہی پڑھ دیتی تھی جیسا کہ کوئی لفظ شروع سے اس کی زبان پر چڑھا ہوا ہوتا تھا۔ تاہم جب وہ خود تلاوت کرنے لگتے تو اصرار کرتی کہ آواز ذرا بلند رکھی جائے۔ وہ لپٹ لپٹا کر پاس ہی بیٹھ جاتی اور ہر آیت میں حروف کی ادائی کے دوران جس طرح آواز اوپر نیچے ہوتی اس کی سانسیں بھی پھولنا شروع ہو جاتیں۔ حتی کہ وہ ہچکیاں باندھ کر رونے لگتی تھی۔ نماز کے لیے وہ اماں بی بی صاحبہ کی طرح دوپٹہ خوب اچھی طرح لپیٹ لیتی تھی۔ پانچوں وقت مصلے پر ضرور کھڑا ہوتی۔ ماسٹر

صاحب یہ سوچ کر کہ وہ نماز میں کیا پڑھتی ہو گی اپنے تئیں بہت شرماتے رہتے مگر نماز میں اس کی حضوری کا عالم دیکھتے تو خود پر شرماتے تھے۔ انہیں بہت جلد اِحساس ہو گیا تھا کہ قرآن پڑھنے کا معاملہ ہو یا نماز روزے کا نادُرست ہو کر بھی وہ سب کچھ اتنے یقین، محبت اور اہتمام سے کرتی تھی کہ انہیں اس کے مقابلے میں اپنا ایمان اور علم دونوں ہیچ لگنے لگتے تھے۔ وہ مر گئی تو بھی ماسٹر صاحب اس کے مقابلے میں خود کو کمتر سمجھتے رہے۔ اسے خوابوں میں بلاتے اور اس سے اس خالص پن کا سبق لیتے جو اس کے وجود سے نور بن بن کر چھِن رہا تھا۔

مگر، کچھ دنوں سے یہی نور اُن کی آنکھوں میں چبھتا اور سینے میں چھید کرتا تھا۔ شاید اب ماسٹر فضل جُو کچھ زیادہ ہی زود حِس ہو گئے تھے۔ انہیں فضیلت کا یوں آنا بار بار ستانے کے مترادف دکھنے لگا تھا۔ تاہم اس کا تو وہی معمول تھا جو ہمیشہ سے رہا تھا۔ رات کے کسی پہر چلے آنے والا، پنجوں کے بل۔۔۔ اور چپکے سے وجود میں سرایت کر جانے والا۔۔۔ اس معمول میں کبھی رخنہ نہیں آیا تھا۔ اور شاید اس سے کم پر فضیلت خود بھی راضی نہ تھی۔

ماسٹر صاحب نے خوب اِحتیاط سے ان زیادہ ستائے جانے والے دنوں کا حساب لگایا تو یہ اتنے ہی بنتے تھے جتنے دنوں سے وہ اپنے بیٹے کے ہاں اُٹھ آئے تھے۔ اب پیچھے پلٹ کر دیکھتے تھے تو بیٹے کے ہاں اُٹھ آنا انہیں یوں لگنے لگتا جیسے زندگی یکدم رس سے خالی ہو گئی ہو۔ ایک خوب صورت سنہرے سیب جیسی زندگی، جو ماسٹر صاحب کی دست رس میں تھی، وہ اس پر اپنے دانت گاڑھ سکتے تھے مگر اس میں سے لذّت نکلتی ہی نہ تھی۔ ہر بار منھ پھوگ سے بھر جاتا تھا۔

زمین کے چلنے سے پہلے

جو زندگی وہ تج کر یہاں آ گئے تھے اُس کے آخری حصے میں ان کی روح کے لیے اگرچہ لذّت کے ہلکورے باقی تھے مگر بدن کے ضعف نے اس میں سو طرح کے رخنے ڈال دیے تھے۔ اُن کی سانسیں ناہموار رہتیں اور جوڑوں میں درد بھی وقفے وقفے سے جاگ اُٹھتا تھا۔ ایسے میں ماسٹر فضل جُو نے وہ جو عمر بھر کی ریاضت سے دین اور دنیا میں توازن کا ایک نظام قائم کر لیا تھا، اس میں انہیں سو طرح کی خرابیاں نظر آنے لگتیں۔ ان کی زندگی کرنے کا وتیرہ ان کے بہشتی باپ سے بالکل مختلف تھا۔ گزرے ہوے زمانے کے ایک پیش امام کی دنیا ہو بھی کتنی سکتی تھی۔ ڈیڑھ دو سو گھروں پر مشتمل چھوٹی سی بستی خاکوٹ میں زندگی تھی بھی بہت سادہ اور اکہری مگر پیش امام اس سے بھی دست کش رہے تھے۔ مسجد، اس کا حجرہ یا پھر ایک کمرے اور پسار والا گھر۔ مسجد سلکھنی کے صحن سے گاؤں کے بچوں اور ان کے گھر سے بچیوں کے سبق دہرانے کی آوازیں گونجتی رہتی تھیں۔۔۔ یوں، جیسے سپارے نہ پڑھے جا رہے ہوں، بہتا پانی پتھروں سے پھسلتا، گنگنا کر گزرے چلا جاتا ہو۔

بی بی صاحبہ کی زندگی کی ضروریات تو پیش امام کی ضرورتوں سے بھی کم تھیں۔ چولہا بھی کبھی کبھار ہی جلنے پاتا تھا کہ گاؤں والوں نے اپنے آپ ہی دن باندھ لیے تھے۔ کسی نے دن کے اُجالے میں پیش اِمام اور بی بی صاحبہ کو آپس میں بات کرتے نہ دیکھا تھا۔ حتّٰی کہ فضل جُو کو بھی ماں باپ کا باہم صلاح کرنا یا کسی بات پر کھُل کر قہقہہ لگانا یاد نہ آتا تھا۔ بعد میں جب بھی انہوں نے اپنے باپ کو ذہن میں لانا چاہا اُن کے دھیان میں مسجد سلکھنی کا، روئی کے گالوں جیسی داڑھی والا پیش اِمام آ جاتا تھا، جس کا سر ہمیشہ کروشیئے والی سفید ٹوپی اور بُمل بندھے چار خانوں والے رومال سے ڈھکا رہتا تھا۔

پیش امام صاحب گھر میں داخل ہونے کے بعد جوں جوں پسار کی طرف بڑھتے توں

توں اُن کی گردن جھکتی چلی جاتی۔ اس اثنا میں اُن کی ماں کا گھونگھٹ بھی نکلنے لگتا تھا۔ وہ اپنی انگلیاں ماتھے کے وسط سے اوپر، وہاں سے چادر کو گرفت میں لے کر لمبا گھونگھٹ نکال دیتی تھیں، جہاں سے چاندی جیسے بالوں کے درمیان، بالکل سیدھ میں مانگ نکلی ہوتی تھی۔ اُن کا گھونگھٹ اِتنا لمبا ہوتا کہ وہ اس لمحے فضل جُو کی ماں یا اس کے باپ کی بیوی نہ رہتی تھی بی بی صاحبہ ہو جاتی تھیں۔ ایسے میں فضل جُو کی سماعتوں میں پیار کے اندر سے پتلے پانی کے بہاؤ کی رچی بسی گنگناہٹ خود سے جاری ہو جاتی تھی۔

فضل جُو میں حوصلہ تھا نہ ہمت کہ وہ پیش امام صاحب جیسی زندگی کو اپنے لیے اختیار کرتے۔ محکمہ تعلیم میں نوکری مل گئی تھی، ہر طرف سے احترام ملا جسے دیکھو، ماسٹر صاحب، ماسٹر صاحب، کہتے تھکتا نہ تھا۔ لوگ سلام کرنے میں پہل کرتے۔ جہاں وہ تھے وہاں ابھی استاد ہونا یا صاحب علم ہونا واقعی لائق تکریم تھا۔ جب ہر طرف سے اتنی عزت ملی تو چھاتی پھولنے اور شملہ تننے لگا۔ تاہم اس سب کو وہ اس کی عطا سمجھتے رہے تھے جس کے لیے اُن کے ابا جی نے دنیا تج دی تھی۔

جب تک وہ اپنی زندگی میں رُجھے رہے، سب کچھ ٹھیک چلتا رہا۔ مگر ریٹائرمنٹ کے بعد، اور اپنی عمر سے مات کھا کر، جب سے وہ بیٹے کے ہاں اُٹھ آئے تھے اُن کے اندر بہت توڑ پھوڑ ہوئی تھی۔ انہیں جس خدا سے معاملہ رہا تھا وہ اس جدید طرز کے ٹاور کے کسی اور حصے میں ہو تو ہو وہاں نہیں تھا جہاں اُن کا بیٹا اور بہو رہتے تھے۔ شاید یہی سبب ہو گا کہ اپنے کمرے میں انہیں اسے پاس بلانے رابطہ خاص قائم کرنے اور اس کا ہو جانے میں بہت جتن کرنے پڑتے تھے۔ اگرچہ اس گھر میں اشیاء نے بہت جگہ گھیر رکھی تھی تاہم یہ خلوص سے جتن کرتے تھے تو وہ راہ بناتا چلا آتا تھا۔

اس رات کہ، جس کے معدوم ہو چکنے کے بعد بھونچال کو چپکے سے آ کر سب کچھ

تلپٹ کر کے رکھ دینا تھا، عین اسی رات کو فضیلت نے آکر ماسٹر فضل جُو کو بہت ستایا تھا۔ وہ پڑھتے ہوئے بار بار اونگھتے اور اِسی اونگھ جھپکی میں لمبا غوطہ کھا جاتے، یوں جیسے پینگ ہلارے لیتے لیتے ایک لمبی جست لے اور بادلوں میں اتر کر واپس آنا بھول جائے۔ خواب کے اس لمبے ہلارے نے جن بادلوں میں انہیں اتارا تھا، وہاں فضلیت تھی، جو بار بار پوچھے جاتی تھی:

"ماسٹر جی تم ان کے لیے کیوں پڑھتے ہو جو خود پڑھ سکتے ہیں، مگر پڑھنا نہیں چاہتے؟"

ماسٹر جی چپ رہے تو وہ تن کر اُن کے سامنے کھڑی ہو گئی:

"دیکھیں جی، میں جو ہوں آپ کے سامنے، بالکل کوری، ایک بھی مبارک لفظ ڈھنگ سے نہ پڑھ سکنے والی، لیکن ایک ایک لفظ کے لیے اپنے پورے وجود کو سماعت بنا لینے والی۔۔۔ آپ میرے لیے کیوں نہیں پڑھتے جی؟"

انہیں کوئی جواب نہ سوجھا تو وہ ہڑبڑا کر اُٹھ گئے اور پورے بدن کو جھلا جھلا کر پڑھنے لگتے۔ غالباً وہ تیسرا یا چوتھا جھلارا ہو گا کہ ایک سرگوشی کی سنسناہٹ پورے کمرے میں تھرا گئی:

"کوئی نہیں سن رہا"

انہوں نے اس آیت پر انگلی رکھی جسے پڑھ رہے تھے اور کمرے میں چاروں طرف دیکھا۔ چپکے چپکے اور ٹھہر ٹھہر کر۔ یوں جیسے انہیں یقین ہو کہ وہاں کوئی تھا مگر اپنی ناراضی ظاہر کرنے کے لیے ان کی نظروں میں آنے سے بچ رہا تھا۔ تھک ہار کر ان کی نظریں پاک صحیفے پر سرنگوں اپنی شہادت کی انگلی پر آکر رک گئیں مگر زبان تالو کے ساتھ چمٹی رہی۔ انہوں نے قرآن پاک کو وہیں سرہانے پر کھلا رکھ دیا اور ٹانگیں سیدھی کر کے پلنگ سے لٹکانا چاہیں۔ ایک آدھ لمحہ اُس اینٹھن کو جھٹکنے میں لگ گیا جو ایک ہی رخ بیٹھے بیٹھے ان

ٹانگوں میں ہونے لگی تھی۔ تاہم جب ٹانگوں پر بوجھ ڈال کر کھڑے ہوئے تو وہ بہت جلد توازن برقرار رکھنے کے قابل ہو چکے تھے۔

انہوں نے کھڑے کھڑے فضا میں متحرک ان مقناطیسی لہروں کو محسوس کیا جو پہلے کبھی بھی محسوس نہیں ہوئی تھیں۔ یہ لہریں اُن کے جسم پر یوں رینگنے لگیں جیسے چیونٹیاں رینگتی ہیں، جس سے ان کے بدن کا رواں رواں کھڑا ہو گیا۔ اُن کے دل پر بھی خُون کا دباؤ بڑھ رہا تھا جس نے انہیں بوکھلا دیا۔ اس بوکھلاہٹ میں ان کے قدم دروازے کی سمت اٹھنے لگے۔ جب وہ دروازے کی طرف جا رہے تھے تو انہیں یوں لگا تھا، جیسے عین ان کے عقب میں فضلیت بھی پنجوں کے بل چلی آتی تھی۔ وہ غصے میں دھونکنی کی طرح چلنے والی اس کی سانسوں کی آنچ بھی اپنی گردن پر محسوس کر رہے تھے:

"وہاں کوئی نہیں ہے"

اُنہوں نے پیچھے مڑ کر دیکھا وہاں آواز نہیں، ایک سسکاری تھی۔ دل بیٹھنے لگا تو دھیان ہٹانے کے لیے آگے بڑھ کر دروازہ چوپٹ کر دیا۔۔۔

وہاں بھی کوئی نہیں تھا۔

لاونج کے خالی پن کو چیر کر ان کی نظریں اپنے بیٹے اور بہو کے بیڈ روم کے بند دروازے پر پڑیں۔ ایک عجب طرح کی بے پرواہی وہاں ٹھہری ہوئی تھی۔

دروازے میں کھڑے کھڑے جب اُن کے سوچنے کے لیے کچھ نہ رہا تو ماسٹر فضل جُو نے گردن موڑ موڑ کر کمرے میں دیکھنا بھی معطل کر دیا تھا۔ وہ جان چکے تھے کہ وہاں اب کسی کی خُوشبو تھی نہ قہقہے، سرگوشیاں تھیں نہ لہجے کی وہ آنچ جو کب سے ان کی محسوسات کا حصہ تھی۔ وہاں فقط برہم اور اجنبی سی مقناطیسی لہریں تھیں۔ تعطل کے اسی عرصے میں انہیں یاد آیا کہ وہ بستر کے سرہانے قرآن کھلا چھوڑ آئے تھے:

"بیٹا قرآن یوں کھلا نہیں چھوڑتے، شیطان پڑھنے لگتا ہے"

یہ بی بی صاحبہ کی آواز تھی۔ نحیف سی آواز جو انہوں نے مُدّت بعد سنی تھی۔ وہ جانتے تھے کہ شیطان کے قرآن پڑھ لینے والی بات محض اس لیے کی جاتی تھی کہ بچیاں قرآن پڑھنے کے بعد غلاف میں لپیٹ کر اور کارنس پر رکھ کر جایا کریں۔ تاہم بعد میں انہوں نے اس کا یہ مفہوم خود سے اخذ کر لیا تھا کہ مومنین کے لیے ہدایت بنتی آیات کو شیطان مردود کھلے قرآن سے اُچک کر ان میں سے اپنے مطلب کے معنی نکال کر اِدھر اُدھر پھیلا دیتا ہو گا، تب ہی تو پہلی عمر میں تواتر سے سنے گئے اس جملے کے سچا ہونے کا انہیں یقین سا ہو چلا تھا۔ انجانے خوف کے زیر اثر وہ بھاگتے ہوئے اپنے بیڈ تک پہنچے، سرہانے سے قرآن پاک کو اُٹھا کر تہ کرتے ہوئے کئی بار بوسے دیئے۔ اسے آنکھوں سے لگا کر سینے کے ساتھ چمٹایا اور دروازے میں آ کھڑے ہوئے۔ یہی وہ لمحہ تھا جب زمین اپنے آپ چل پڑی تھی۔

ملبا درد کی گرہیں کھولتا ہے

کہتے ہیں جب پیش امام صاحب نے کچی لکیر پار کی تھی تو پیش امام نہیں تھے۔ وہ تو اُدھر پونچھ میں صاحب حیثیت آدمی تھے۔ ماں باپ نے لس جُو نام رکھا اور اِسی نام سے پکارے جاتے تھے۔ ایک بار یوں ہوا کہ وہ حضرت بل کے پاس سے گزرتے ہوئے بے ارادہ اندر داخل ہو گئے۔ دل پر ایسا رُعب پڑا کہ کئی گھنٹے باہر نہ آ سکے۔ اِسی بے خودی کے دورانیے میں اُنہیں کچی لکیر پھاند لینے کا حکم ہوا۔ انہوں نے سب کچھ سے ہاتھ جھٹکا، اور ادھر اٹھ آئے تھے۔ کچھ کو یہ کہتے بھی سنا گیا ہے کہ ان کا جوان بھائی مار دیا گیا اور مارنے والے ان کے تعاقب میں تھے لہذا ادھر آنے کا حیلہ انہوں نے اپنی جان اور نسل بچانے

کے لیے کیا تھا۔

لس جُو نے جان بچالی تھی مگر اس کی نسل کے قدموں تلے، اب جو زمین تھی، وہ اپنے آپ چل پڑی تھی۔

جب لس جُو پونچھ سے تتری کوٹ آئے تھے تو ان کا وجود ایک عجب طرح کے شدید اِحساس سے لرزتا رہتا تھا۔ یہاں ادھر کی خبریں آتی رہتی تھیں جو احساس کے عُجب اور شدت میں اضافہ کرتی رہتیں۔ پوری طرح سمجھ میں نہ آنے والا یہ اِحساس انہیں کبھی تو ایک بار پھر کچی لکیر پار کرنے پر اکساتا اور کبھی اس سے دور پٹخ دیتا تھا۔ اس پر اسرار اِحساس سے چھٹکارا پانے کے لیے انہوں نے اپنا گھر کاندھے پر رکھ لیا اور پہاڑوں کے اندر بھٹکنے لگے۔ کبھی گڑمنڈہ، سدھن گلی، کامی منجہ اور حسّہ تو کبھی پرس، بٹل اور چناری حتی کہ وہاں سے خاکوٹ آ گئے جس نے انہیں اپنے اندر بسا لیا تھا۔ پہلی بار تتری میں رہائش اِختیار کرنے کی مناسبت سے وہ ایک عرصہ تک لس جو تتری کہلاتے رہے۔ پھر یوں ہوا کہ مسجد سلکھنی کی پیش امامی ان کی زندگی کا وظیفہ ہو گئی جس نے ان کا اصل نام سب کے ذہنوں سے محو کر دیا تھا۔

جس روز بھونچال آیا تھا، اس روز دن ڈھلے تک سب یہ سمجھ رہے تھے کہ اسلام آباد کے پوش علاقے میں بس ایک ملٹی سٹوری ٹاور گرا تھا۔ وہی، جس کے چھٹے فلور پر ماسٹر فضل جُو شیطان کی نظر کھلے ہوئے قرآن پر پڑنے کے خدشے سے اپنے بیڈ تک آئے تھے اور قرآن چھاتی سے چمٹا کر واپس دروازے کی چوکھٹ میں جا کھڑے ہوئے تھے۔ عین اس وقت کہ جب بہت سارے کیمروں کو گواہ بنا کر حکومت کا سربراہ اس ٹاور کے ملبے پر چڑھ کر اعلان فرما رہے تھا کہ بہت جلد سب کچھ ٹھیک ہو جائے گا، اس وقت تک کوئی نہیں جانتا تھا کہ ادھر پہاڑوں پر کتنی بڑی قیامت ڈھے چکی تھی۔ وہاں زمین نے کئی پلٹے

کھائے اور پہاڑوں نے بھُر بھُرا ہو کر خاکوٹ کو اپنے اندر چھپا لیا تھا۔ مسجد سلکھنی کے میناروں، پیش امام صاحب اور بی بی صاحبہ کی قبروں، جیجو کی اجڑ چکی آوی اور اوپر سے نیچے کو دھیمے سروں میں بہنے والے پتلے پانی، اور اس کے مکینوں کی نارسائیوں اور معصومیت سمیت سب کچھ خاک کا رزق ہو چکا تھا۔۔۔ کہ اب وہاں کچھ بھی نہ تھا۔

لگ بھگ یہ وہی وقت بنتا ہے، ملبے کے اوپر چڑھ کر تصویریں بنوانے والا، اور وہ بھی یوں جیسے کوئی شو باز شکاری پہلے سے مرے ہوئے شیر کو دیکھے اور اس کے بدن پر پاؤں رکھ کر لوگوں کے دلوں پر دھاک بٹھانے کے لیے تصویریں اتروانا شروع کر دے،۔۔۔ ہاں، عین مین وہی وقت، جب اوپر سے کدال پڑنے، اور لوہا کاٹنے کی آوازیں آنے والے کے پروٹوکول میں کچھ وقت کے لیے معطل ہو گئی تھیں۔ تب سیمنٹ اور سریے کی کئی تہوں تلے ماسٹر فضل جُو کو اپنے زندہ ہونے کا احساس ہوا تھا۔ بہت جلد زندگی کے اِس اِحساس کو ان کی دپچی سے، ٹانگوں، پنڈلیوں اور کمر سے بازوؤں، گردن اور گدی سے اٹھنے والے درد نے پچھاڑ دیا تھا۔ وہ بے بسی اور درد سے جس قدر بلبلا سکتے تھے بلبلائے، روئے اور پھر سسکتے چلے گئے۔ مگر جب اُنہیں اِحساس ہوا کہ اُن کی چیخوں اور رونے دھونے کو سننے والا وہاں کوئی نہیں تھا تو وہ یوں چپ ہو گئے جیسے ازل سے بولنا جانتے ہی نہ تھے۔ تب انہیں اپنا بیٹا اور بہو ایک ساتھ یاد آئے۔ اپنے بہشتی ماں باپ کی طرح انہیں بھی انہوں نے آپس میں کم ہی صلاح کرتے یا کھل کھلا کر ہنستے دیکھا تھا۔ تاہم اس ایک وتیرے کی تاثیر دونوں کے ہاں بالکل مختلف اور متضاد ہو جاتی تھی۔ وہ دونوں، جو اندر تھے ان کی آنکھوں کے سامنے والے دروازے کے پیچھے، یقیناً وہ ایک بیڈ پر ہوں گے مگر وہ اندازہ کر سکتے تھے کہ مصروفیت کی تھکن نے انہیں دونوں کناروں پر ہی گرا دیا ہو گا، یوں کہ وہ پہلو بدل کر قریب بھی نہ ہو پائے ہوں گے۔ اس فاصلے کو انہوں نے ان کے بیڈ روم کے

دروازے پر کھدا ہو دیکھ لیا تھا۔ یہ جو آنے ولا وقت اُن کی محسوسات پر دستک دینے لگتا تھا اس سے بچنے کے لیے انہوں نے اندازے لگانا بند کر دیے تھے۔

ابتدا میں جو اندازے لگائے جا رہے تھے وہ سارے ہی غلط ہو چکے تھے۔ تتری کوٹ سے خاکوٹ تک پہاڑوں پر بستیاں لاشوں سے بھری پڑی تھیں اور انہیں بے گور و کفن پڑے اتنا وقت گزر چکا تھا کہ وہ تعفن چھوڑنے لگی تھیں۔ انہیں یا تو دفنانے والا کوئی نہ بچا تھا اور اگر کوئی بچ گیا تھا تو اپنوں کی اتنی لاشیں زمین میں دبا چکا تھا کہ اس کے ہاتھ شل ہو چکے تھے۔ ادھر شہر کے وسط میں ڈھے جانے والے ٹاور سے بھی لاشیں نکالی جا رہی تھیں۔ ملبے میں سے گاہے گاہے زندہ لوگ بھی نکل آتے تھے۔ اور جب ایسا ہوتا تو متحرک اور ساکت تصویریں بنانے والے کیمروں کو اٹھائے میڈیا کے منتظر لوگ بھاگ بھاگ کر اس کی تصویریں اتارنے اور رپورٹیں نشر کرنے میں سبقت لے جانے میں مگن ہو جاتے۔ ایسے میں یوں لگتا تھا جیسے موت کے سناٹے سے زندگی کی ہماہمی نے یک لخت جنم لے لیا ہو۔ تاہم ابھی تک نہ تو ماسٹر فضل جُو کو دریافت کیا جا سکا تھا اور نہ ہی ملبے کے ڈھیر میں دبی ہوئی ایک بیڈ کے دونوں کناروں پر پڑی ان کے بیٹے اور بہو کی لاشوں کو نکالا جا سکا تھا۔

ماسٹر فضل جُو اِس سارے عرصے میں درد سہے چلے جانے کے لائق ہو گئے تھے۔ اسی دوران میں انہیں یہ اِحساس بھی ہوا تھا کہ قرآن پاک اُن کی چھاتی سے لگا ہوا تھا۔ تاریکی کی بے شمار تہوں کے باوجود اُنہوں نے چاہا کہ اُسے کھول کر پڑھیں۔ اپنے بازوؤں پر زور لگا کر ایسا کرنا بھی چاہا مگر بازو جہاں تھے، وہیں جمے رہے۔ ملبے نے چاروں طرف سے اُن کے بازوؤں کو جسم سمیت دبا رکھا تھا، یوں کہ وہ ذرا سی حرکت بھی نہ کر سکتے تھے۔ تب اُنہیں ایک بار پھر ایک نحیف سی آواز سنائی دے گئی تھی، وہی شیطان سے چوکنا

کرنے والی ماں کی آواز۔ انہوں نے بازوؤں کو کھولنے کے جتن ترک کر دیے تھے۔

جب ٹھہرے ہوئے وقت اور تاریکی کو کاٹ ڈالنے کا کوئی بھی حیلہ ان کے ہاتھ نہ لگا تو انہوں نے اپنی یادداشت پر زور ڈال کر کچھ آیات تلاوت کرنا چاہیں مگر ہوا یہ کہ وہ سورۃ زلزال کی اِبتدائی آیات کے بعد سورۃ والعصر کی اِنسان کو خسارے میں بتانے والی آیات پڑھ گئے تھے۔ انہوں نے پھر سے درست درست پڑھنا چاہا تو ایسا متشابہ لگا کہ کہیں سے کہیں نکل گئے۔ سب کچھ گڈ مڈ ہو رہا تھا۔ اس پر وہ اتنا بوکھلائے کہ اُمید کا دامن اُن کے ہاتھ سے چھوٹ گیا۔ ایسے میں انہیں اِحساس ہوا کہ وہاں تو سانس لینے کے لیے ہوا ہی نہیں تھی۔

اور جب ماسٹر فضل جُو نے اپنے تئیں ملبے کے اندر پھنسی ہوئی ہوا کو کھینچنے کے لیے آخری حیلہ کیا تو اُن کی پسلیاں چٹخنے لگیں۔ یہی وہ لمحہ تھا جب سیمنٹ اور سریے کی تہیں کاٹ کر فضیلت وہاں پہنچ گئی تھی، سارے غصے کو تھوک کر، اور اُن ساری آوازوں کو ساتھ لے کر، جو ملبے میں دبنے والوں کے دُکھ سے بوجھل ہو گئی تھیں۔ یہ آوازیں گنتی میں نہ آنے والے لوگوں کے سینوں سے اُبل اُبل کر ویسی ہی گنگناہٹ پیدا کر رہی تھیں جیسی ماسٹر فضل جُو کی سماعت میں خاکوٹ کے پتلا پانی نے بسا رکھی تھی۔ تب ماسٹر صاحب کو یوں لگا تھا کہ جیسے ان کے بازو تو ویسے ہی جکڑے ہوئے تھے مگر اُن کے حصار میں موجود، ایک مُدّت سے خوابیدہ سارے مبارک اور روشن لفظ، خود بخود ان کی چھاتی کے اندر مقطر ہو رہے تھے۔ فضلیت نے آتے ہی اپنے ہاتھوں کے ملائم لمس سے اُن کے وجود کی ساری گرہوں کو کھولنا اور سارے دردوں کو سمیٹنا شروع کر دیا تھا۔

وہ اپنی ہی دھُن میں مگن رہی، حتیٰ کہ اس کی ریاضت مستجاب ہوئی اور اسے اپنے سنگ آنے والی ساری آوازوں کے ساتھ ان کے وجود کے اندر حلول کر جانے کا اِذن ہو

گیا۔ اس کے ساتھ ہی زندگی کی لذّت میں گندھا ہوا تازہ ہوا کا لطیف جھوکا ملبے میں گھس کر ان کے ڈھے جانے والے وجود کے اندر بہت گہرائی میں اتر گیا۔۔۔ اب صرف وہی سانس نہ لیتے تھے، پورا ملبا سانس لیتا تھا۔

(۲) علم غیب

انور زاہدی

ٹی روم میں چائے پینے کے دوران ایک بحث چل پڑی تھی۔۔۔۔۔۔ کچھ ڈاکٹر علم غیب کے بارے میں پورے یقین کے ساتھ اپنے دلائل پیش کر رہے تھے۔۔۔

ڈاکٹر شاہد کا کہنا تھا کہ اُن کے تجربے میں ایسے کئی لوگ آئے ہیں جنہوں نے مستقبل میں ہونے والے واقعات کے بارے میں بہت پہلے جو کچھ کبھی کہا۔۔۔ وہ سو فیصد ویسا ہی نکلا۔۔ "اور جن لوگوں کا میں ذکر کر رہا ہوں وہ کوئی پیشہ ور نجومی یا ایسے کسی قبیل سے نہیں تھے۔۔۔"

ٹی روم کے کونے سے کسی نوجوان ڈاکٹر نے نعرہ لگایا۔۔۔

"یعنی شوقیہ فنکار تھے۔۔۔"

اس پر ٹی روم میں جیسے قہقہوں کے گرینیڈ پھٹ پڑے۔۔۔

جس پر فوراً ہی۔۔۔ ڈاکٹر شاہد نے اپنی بات کا دفاع کرتے ہوئے جذباتی انداز میں کہا۔۔۔

"برخوردار۔۔۔ ابھی تو آپ نے عملی دنیا میں قدم رکھا ہے۔۔ ذرا وقت گزرنے دیجئے۔ خود معلوم ہو جائے گا۔۔۔ فن کاری اور شوقیہ فن کار میں کیا فرق ہوتا ہے"

اسی بات کو آگے بڑھاتے ہوئے۔۔ ذہنی امراض کے ماہر ڈاکٹر جمال کہنے لگے

"مثلاً میرے تجربے میں کئی مریض ایسے آئے ہیں۔۔۔ جن کے ہاں مستقبل کے بارے میں پیشین گوئی کرنے کی صلاحیت ہوتی ہے۔۔"

"ڈاکٹر صاحب آپ کے مریضوں کے ہاں تو۔۔۔ "ڈاکٹر فاروق مزید کچھ کہنا ہی چاہتے تھے۔۔۔

کہ ڈاکٹر جمال نے ناراضگی کا اظہار کرتے ہوئے۔۔ ڈاکٹر فاروق کی بات کو کاٹ کر کہا۔۔۔

"کہہ دیں کہ ہم اور ہمارے مریض ہوتے ہی پاگل ہیں۔۔۔۔"

اس پر ڈاکٹر احمد نے نے شعبہ میڈیسن کے ڈاکٹر فاروق کو یہ کہہ کر چپ کرا دیا۔۔۔۔

"ڈاکٹر فاروق۔۔۔ آپ بحث ضرور کریں لیکن اپنے سینیرز کا خیال بھی رکھیں۔۔۔۔۔ بحث میں عزت و تکریم کے دامن پہ آنچ نہیں آنی چاہیئے۔۔۔"

کچھ ڈاکٹر جن میں سینیر اور جونیئر سب ہی شامل تھے ڈاکٹر جمال کی اس بات سے اتفاق کرتے تھے۔۔۔ کہ وہ واقعی صحیح کہہ رہے ہیں۔۔۔ جبکہ کچھ نوجوان ڈاکٹروں کا ٹولہ جیسے ادھار کھائے بیٹھا تھا کہ اُنہوں نے کسی کی بات کو نہیں ماننا۔۔۔۔

ڈاکٹر جمال نے ٹی روم سے نکلتے ہوئے قدرے مدھم لہجے میں اپنی بات کے دفاع میں ایک بار پھر کہا۔۔۔

"سائنس جس مضمون کا نام ہے۔۔۔ اس کا مطلب ہے کہ ہم طبعی اور فطری دنیا میں رونما ہونے والے تمام مظاہر کا تجربے اور مشاہدے سے مطالعہ کریں۔۔۔ اور اس کے نتیجے میں بر آمد ہونے والے حقائق کو اپنے تجربات اور مشاہدات کی بنا پر تسلیم کریں۔۔۔ یہی سائنس ہے۔۔۔ لیکن جسے آج ہم سائنس کہتے ہیں۔۔۔ کسی زمانے میں ایسی باتیں کرنے والوں کو کلیسا نے جادوگر قرار دے کر مار ڈالا تھا۔۔۔ یعنی جو آج سائنس ہے اُسے ماضی میں محض جادو اور علم غیب سمجھا جاتا تھا۔۔۔ کوپر نیکس مرتے دم تک اپنے

نظریات کا برملا اظہار نہ کر سکا۔۔۔ گلیلیو کو اپنے نظریات کے اظہار پر عمر قید میں رہنا پڑا اور ان سے قبل نجانے کتنے ہی سائنس دانوں کو اپنے نظریات کے حق میں زندگی سے ہاتھ دھونا پڑے ہوں گے۔۔۔ میری دانست میں آج کے نو واردان بساط۔۔۔ میری مراد آپ ینگ ڈاکٹروں سے ہے۔۔۔ آپ کا رویہ بھی عہد ماضی کے کلیسا کے پادریوں سے کسی طور کم نہیں۔۔۔"۔۔۔ ڈاکٹر جمال یہ کہتے ہوئے ٹی روم سے باہر چلے گئے۔۔۔

میڈیکل سپر نٹنڈنٹ نے افسوس کا اظہار کرتے ہوئے نوجوان ڈاکٹروں کو صبر اور تحمل کی تلقین کرتے ہوئے کہا۔۔۔۔

"دیکھیں ہم ٹی روم میں محض چائے پینے نہیں آتے۔۔۔ یہ تو ہم سب اپنے اپنے دفتروں میں بھی پی سکتے ہیں۔ یہاں آنے کا بڑا مقصد ایک دوسرے سے ملنا۔۔۔ ایک دوسرے کی خیریت دریافت کرنا اور خوش وقت ہونا ہوتا ہے۔۔۔۔ جسے انگریزی زبان میں سوشلائز کرنا کہتے ہیں۔۔۔ گر آپ کسی کے خیالات سے اتفاق نہیں رکھتے تو کیا یہ ضروری ہے کہ اُسے یہ جتایا بھی جائے۔۔۔ جبکہ آپ کسی کی رائے سے اتفاق نہ کرنے کا اظہار محض خاموش رہ کر بھی کر سکتے ہیں۔۔۔ اور یاد رکھیئے کہ جب آپ شد و مد سے کسی کی بات کی نفی کرتے ہیں تو آپ کا رویہ اُس وقت رجعت پسندانہ ہو جاتا ہے۔۔۔ ترقی تو آگے بڑھنے کا نام ہے۔۔۔۔۔ کسی ایک بات پر رُکے رہنے کو ترقی کا نام ہرگز نہیں دیا جا سکتا۔۔۔"

میڈیکل سپر نٹنڈنٹ ڈاکٹر وارثی کے بات ختم کرنے پر ٹی روم میں سناٹے کا عالم طاری تھا۔۔ بس ائیر کنڈیشنر کی آواز گونج رہی تھی۔۔۔ ڈاکٹر فاروق جو کچھ دیر پہلے بحث کے دوران ہائی بلڈ پریشر کے مریض نظر آتے تھے۔۔۔ شرمندگی کے باعث پیلے پڑے ہوئے تھے۔۔ ٹی روم آج سے پہلے سگرٹوں کے دھوئیں کے باوجود شاید اتنا کثیف اور

بوجھل محسوس نہ ہوا تھا جتنا آج اس بحث میں شامل ہونے والی کدورت کے باعث لگ رہا تھا۔

میں بھی خاموشی سے اُٹھ کر او پی ڈی چلا گیا اور کچھ دیر بعد وہاں سے اُٹھ کر ڈاکٹر جمال کے دفتر میں جا پہنچا۔۔ ڈاکٹر جمال بے حد مرنجاں مرنج قسم کے انسان تھے میرے پرانے دوست ہونے کے ساتھ ساتھ میڈیکل کالج کے زمانے ساتھی بھی تھے۔۔۔ مجھے دیکھ کر مسکرائے۔۔۔ وہ اس وقت کسی فائل کو پڑھ رہے تھے۔۔

"آئیں ڈاکٹر شاکر۔۔۔ دیکھا آپ نے آج کے میدان کارزار کو۔۔۔"

"ڈاکٹر جمال۔۔ نفسیات تو آپ کا میدان ہے اور آپ جانتے ہی ہیں۔۔ نوجوانی کی عمر کے اپنے کمپلیکس ہوتے ہیں۔۔۔۔ ویسے آپ کے ٹی روم سے جانے کے بعد۔۔۔۔۔ ایم ایس ڈاکٹر وارثی نے اس سارے سلسلے پر خاصے افسوس کا اظہار کیا تھا۔۔ لگتا ہے جیسے ڈاکٹر فارق کو اس بات کا احساس ہے اور وہ اپنے کئے پر خاصے شرمندہ ہیں۔۔"

"نہیں بھئی اس میں نہ شرمندہ ہونے کی کوئی ضرورت ہے۔۔ اور نہ اس شدومد سے بحث کرنے کا کوئی تک تھا۔۔ اس سے پہلے تو ڈاکٹر فاروق نے کبھی ایسے رویئے کا اظہار نہیں کیا تھا۔۔۔۔ اب کسے معلوم ہے۔۔ کہ اُن کے ساتھ اس سے پہلے کیا واقعہ ہو چکا ہے۔۔ ؟۔ میں تو چاہتا ہوں کہ اُن سے مل کر بات کو ختم کیا جائے۔۔ "ڈاکٹر جمال نے میری بات کے جواب میں کہا

"ڈاکٹر جمال میں سمجھتا ہوں کہ لوگوں میں ایک دوسرے کے لئے برداشت کا مادہ کم ہوتا جا رہا ہے۔۔۔ اور لوگ باگ اب اپنے خیالات میں پہلے سے کہیں زیادہ متشدد رویوں کا اظہار کرنے پر کسی قسم کا افسوس کرنے کے بجائے فخر محسوس کرتے ہیں۔۔"

"ڈاکٹر شاکر اسے آپ ہمارے ہاں گزشتہ برسوں کے نتیجے میں ہونے والی آمرانہ سیاست کی دین سمجھیں۔۔۔ میں خود ڈاکٹر فاروق کے بارے میں حیران ہوں کہ اُنہوں نے کیوں اس قدر جذباتیت کا اظہار کیا۔۔۔"

ابھی ہم یہیں تک بات کر پائے تھے۔۔۔ کہ ڈاکٹر جمال کے دفتر کا دروازہ کھلا اور ڈاکٹر فاروق کمرے میں داخل ہوئے۔۔۔

میں نے اور ڈاکٹر جمال نے ایک دوسرے کی طرف دیکھا۔ ادھر ڈاکٹر فاروق نے ڈاکٹر جمال کی طرف پہنچتے ہوئے اپنا ہاتھ مصافحے کے لئے بڑھا کر کہا۔۔۔

"ڈاکٹر جمال۔۔۔ میں آپ سے معافی مانگنے آیا ہوں۔۔۔ مجھے افسوس ہے کہ آپ کو میری وجہ سے تکلیف پہنچی۔۔۔"

ڈاکٹر جمال ڈاکٹر فاروق سے ہاتھ ملاتے ہوئے کھڑے ہو گئے اور اُن سے بغل گیر ہو کر کہنے لگے۔۔۔

"مجھے بے حد خوشی ہوئی ہے کہ آپ آ گئے۔۔۔ ہم دونوں ابھی یہی بات کر رہے تھے کہ کس طرح اس معاملے کو ٹھیک کیا جائے۔۔۔"

"ڈاکٹر جمال۔۔۔ دراصل میری بات تو ابھی پوری بھی نہ ہونے پائی تھی۔۔۔ کہ آپ نے اُس کا مطلب کچھ اور نکال لیا۔۔۔ جبکہ در حقیقت میں تو خود گزشتہ ایک ماہ سے اسی علم غیب کے مسلئے کا شکار ہوں۔۔۔"۔۔ ڈاکٹر فاروق نے جواب میں کہا۔۔۔

ڈاکٹر جمال نے ایک بار پھر میری جانب دیکھتے ہوئے ڈاکٹر فاروق سے سوال کیا۔۔۔

"میں کچھ سمجھا نہیں۔۔۔ حالانکہ آپ نے اُس وقت تو یہی کہا تھا۔۔۔ کہ آپ کے مریضوں کے ہاں تو۔۔۔"

"جی بالکل میں بس یہی کہہ پایا تھا۔۔۔ حالانکہ میرا مطلب یہی تھا کہ آپ کے ہاں تو اس وضع کے تجربات آئے دن رونما ہوتے ہوں گے۔۔۔ میرا مطلب آپ کے ہاں آنے والے مریضوں سے تھا۔۔۔ ڈاکٹر جمال آپ واقعی اس قسم کے واقعات کے بارے میں کچھ یقین سے کہہ سکتے ہیں کہ یہ کس حد تک درست ہیں۔۔۔؟

اور کیا علم غیب۔۔ در حقیقت آج کی سائنسی دنیا میں کوئی جواز رکھتا ہے۔۔؟ یا اسے ہم پرانے مخفی علوم کی دنیا سے متعلق سمجھیں۔۔؟"

" دیکھیں۔۔ ڈاکٹر فاروق ہم سب ڈاکٹر ہوتے ہوئے سائنس کی دنیا سے متعلق ہیں۔۔۔ اور جو کچھ بھی ہم روز مرہ دیکھتے ہیں۔۔۔ میرا مطلب اپنے مریضوں کی دنیا سے ہے۔۔۔ چاہے وہ نفسیاتی مریض ہوں یا ذہنی امراض میں گرفتار۔۔ اور یا پھر سیدھے سادھے میڈیسن یا سرجری کی دنیا سے متعلق روز مرہ کی عام بیماریوں کے شکار۔۔۔ کیا اُن مریضوں میں سے ہسپتال آنے والے کسی بھی مریض کے بارے میں آپ پوری قطعیت کے ساتھ یہ کہہ سکتے ہیں کہ کون سا مریض مکمل طور پر صحت یاب ہو جائے گا۔۔؟ اور کس مریض کا قطعی پروگنوسس کیا ہو گا۔۔۔؟ کیا آپ کے تجربات میں ایسا نہیں ہوا کہ آپ جس مریض کے بارے میں مطمئن تھے کہ یہ صحت یاب ہو جائے گا۔۔۔ وہ اچانک ایک دن کے قیام ہسپتال کے بعد گھر جانے کے بجائے راہی ملک عدم ہوا۔۔۔ جبکہ ایک اور مریض جس کے لواحقین تک سے کنسلٹنٹ یہ کہہ چکے تھے کہ اب آپ انہیں گھر لے جائیں۔۔ کہ آخری ایام میں ایسے مریض کو اپنے عزیزوں میں رہنے سے سکون ملتا ہے۔۔۔ وہی مریض اگلے ہی دن سے بہتر ہونا شروع ہو گیا اور چند روز بعد وارڈ میں مٹھائی تقسیم کرتا ہوا ہنسی خوشی اپنے گھر چلا گیا۔۔۔ اب یہ کہ اُس مریض نے کتنی عمر پائی۔۔۔ یہ ایک الگ بات ہے لیکن ایسا ہوتا ہے اور ہوا ہے۔۔۔ ہم باوجود سائنسی شواہد

کے بہت سی باتوں کے بارے میں اب بھی خاموش ہیں۔۔۔ آپ خود کئی مریضوں کے چارٹ پر۔۔۔ "پی۔ یو۔ او"۔۔یعنی۔۔۔۔ "پائی ریکسیا آف ان نون اورجین"۔۔ تحریر کرتے ہیں جس کا مطلب ہوتا ہے کہ مریض کے بخار میں مبتلا ہونے کی کوئی وجہ معلوم نہیں۔۔۔ اور یہ سب ہم مریض کے تمام ضروری معائنوں کے بعد لکھتے ہیں۔۔۔

مجھے بتائیں کیا ایسا نہیں ہے۔۔۔۔ ؟۔۔۔ ڈاکٹر جمال نے اپنی بات کو ختم کرتے ہوئے گہرا سانس لیا اور اپنی کرسی میں ریلیکس کرنے لگے۔۔۔۔۔ میں دونوں کو دیکھ رہا تھا۔

"ڈاکٹر جمال۔۔ آپ بالکل درست فرما رہے ہیں۔۔۔ لیکن وہ جو علم غیب ہے اُس کے بارے میں آپ کا کیا خیال ہے۔۔۔؟"

ڈاکٹر فاروق نے جیسے تھک ہار کے اپنا سوال پھر دہرا دیا۔۔۔

"ڈاکٹر فاروق جہاں تک غیب کے بارے میں علم رکھنے کی بات ہے۔۔۔ تو غیب کا علم تو بیشک خدا کی ذات کو ہوتا ہے۔۔۔ لیکن ہاں جیسے آپ ڈاکٹر ہونے کی حیثیت سے کسی بھی مریض کا علاج کرتے ہوئے اُس کی بہتری کا وسیلہ بن جاتے ہیں۔۔۔ جبکہ شفا من جانب اللہ ہی ہوتی ہے۔ بس ایسے ہی کچھ لوگوں کو قدرت یہ صلاحیت بھی دیتی ہے کہ وہ مستقبل کے بارے میں پیش بینی کر سکیں۔۔۔ جسے ہم پریمونیشن [Premonition] بھی کہتے ہیں۔۔۔۔ خیال رہے کہ اس پریمونیشن کی کوئی منطقی بنیاد نہیں ہوتی۔۔۔"

جیسے میں اپنی بات کے حوالے سے آج ٹی روم میں کہنا چاہ رہا تھا کہ بہت سے نفسیاتی مریضوں کے ہاں خواب میں مستقبل کے بارے میں اشارے ملتے ہیں۔۔۔ جو بہت سی حالتوں میں کم و بیش درست ثابت ہوتے ہیں۔۔۔ شیکسپیئر کے مشہور ڈرامے۔۔ جو

لیئس سیزر میں یہی پریمونیشن جولیئس سیزر کی بیوی کو خواب کی صورت میں نظر آتی ہے اور وہ پریشان ہو کر اپنے شوہر یعنی روم کے مطلق العنان حکمران جولیئس سیزر سے کہتی ہے کہ وہ آج سینیٹ میں نہ جائے۔۔ اُس نے ایک بہت براخواب دیکھا ہے۔۔۔ لیکن جولیئس سیزر اپنی بیوی کی بات کو کوئی اہمیت نہیں دیتا اور اپنے طے شدہ پروگرام کے مطابق سینیٹ میں پہنچ جاتا ہے۔۔۔ اور اُسی دن جولیئس سیزر کو سینیٹ میں قتل کر دیا جاتا ہے۔۔"

"تو اس کا مطلب یہ ہوا کہ آپ ڈاکٹر شاہد کی بات کی تصدیق کر رہے ہیں۔۔۔۔۔"ڈاکٹر فاروق نے کہا

"میں تصدیق نہیں کر رہا۔۔ بلکہ آپ کو اپنے تجربات کی بنا پہ یہ بتا رہا ہوں کہ در حقیقت کچھ لوگوں کے ہاں یہ خداداد صلاحیت ہوتی ہے۔۔۔ کہ وہ آپ کے مستقبل کے بارے میں یا آنے والے کل کو کیا ہونے والا ہے کچھ باتیں بتا سکیں۔۔۔ ایک واقعہ میرے سامنے کا ہے جسے آج بھی دہراتا ہوں تو کانپ اٹھتا ہوں۔۔۔ دس برس پہلے کی بات ہے۔۔۔ میں کراچی میں اپنے ایک عزیز کے ہاں گیا ہوا تھا۔ ایک دن اُن کے لان میں ہم سب بیٹھے ہوئے شام کی چائے پی رہے تھے۔۔ وہیں ایک صاحب بیٹھے تھے جن کے بارے میں بعد میں پتہ چلا کہ وہ دست شناسی کے ماہر ہیں۔۔۔ جن سے اُس وقت کچھ علم فلکیات اور دست شناسی کے بارے میں اسی قسم کی گفتگو ہو رہی تھی۔۔۔ وہ سگرٹ پیتے ہوئے اپنے تجربات ہمیں سنا رہے تھے۔۔۔ اور ہم سب ہمہ تن گوش اُن کی باتوں کو شوق سے سُن رہے تھے۔۔۔ کہ اتنے میں ایک گیند باہر سے لان میں آکر گری۔۔۔ کچھ دیر بعد۔۔۔ ایک سات آٹھ برس کا بچہ بھاگتا ہوا اندر آیا اور کہنے لگا۔۔۔"

"انکل میری بال اندر آگئی ہے۔۔۔"

"ہاں بیٹے یہ لو۔۔۔ یہی ہے نا تمہاری بال۔۔۔ ماہر دست شناس نے گیند کو بچے کی طرف بڑھاتے ہوئے کہا۔۔۔۔"

اور جیسے ہی بچے نے اپنی بال لینے کو اپنا ہاتھ بڑھایا۔۔ اُنھوں نے اُس بچے کو اس کی گیند تھما دی۔۔۔۔ بچہ گیند لے کر تھینک یو انکل کہتا ہوا گیٹ سے باہر نکل گیا لیکن ماہر دست شناس کی حالت دیدنی تھی۔۔۔ اُن کے چہرے کا رنگ ایسا فق تھا۔۔ جیسے اچانک اُنھوں نے کوئی بھیانک خواب دیکھ لیا ہو۔۔۔

میرے عزیز فوراً اپنے دوست کی طرف لپکے۔۔۔ میں نے آگے بڑھ کر اُن کی نبض دیکھی اور اُنہیں پانی کا گلاس دیتے ہوئے پینے کا مشورہ دیا

"بیگ صاحب۔۔۔ خیریت ہے آپ کی طبیعت تو ٹھیک ہے۔۔۔؟"

اُن کے مُنہ سے بس یہ نکلا۔۔ "یہ بچہ کس کا ہے۔۔؟"

"بیگ صاحب۔۔ میں نے اسے پہلے یہاں نہیں دیکھا۔۔ ممکن ہے سامنے کسی گھر میں آئے ہوئے مہمانوں میں سے ہو۔۔ کیوں کیا بات ہے۔۔؟"

"رؤف صاحب۔۔ اس بچے کے ہاتھ میں لائف لائن نہیں تھی۔۔"

"جی کیا مطلب آپ کا۔۔۔ میں سمجھا نہیں۔۔۔؟"

" جب میں نے بچے کو اُس کی گیند تھمائی اور اُس نے گیند لینے کے لئے اپنا ہاتھ کھولا۔۔۔ تو میں یہ دیکھ کر حیران ہو گیا کہ اُس کے ہاتھ میں زندگی کی لکیر نہیں تھی۔۔۔"

ہم سب ہی یہ سن کر ایک عجیب سی کیفیت کا شکار تھے۔۔۔ جیسے ہمارے سامنے موجود راستہ کہیں دھند میں کھو گیا تھا۔۔۔ اور خود بیگ صاحب اس بات کے بعد پریشانی کے عالم میں اُٹھ کر وہاں سے چلے گئے۔۔۔ اندھیرا ہو رہا تھا۔۔ ہم سب لان سے اٹھ کر اندر لاؤنج میں چلے گئے۔۔۔۔۔ مغرب کا وقت تھا کہ باہر سڑک پر کسی تیز رفتار گاڑی

کی بریکیں لگنے کی چیختی ہوئی آواز آئی۔۔۔ خدا خیر۔۔۔۔ میں اور میرے عزیز رؤف دونوں ہی بھاگتے ہوئے باہر سڑک پر پہنچے وہاں ایک ہجوم جمع تھا۔۔۔ کوئی بچہ گاڑی تلے آ گیا تھا۔۔۔۔ وہی کار بچے اور اُس کے لواحقین کو لے کر ہسپتال کی طرف چلی گئی جس کے پیچھے کچھ اور لوگ بھی اپنی اپنی گاڑیوں میں اُس کار کے پیچھے روانہ ہو گئے۔۔۔۔ رات کے گیارہ بجے یہ خبر ملی کہ ہسپتال پہنچنے کے باوجود بچے کی جان نہ بچائی جا سکی۔۔۔ بعد میں معلوم ہوا کہ یہ وہی بد نصیب بچہ تھا۔۔۔ جس کے بارے میں اُس شام چند گھنٹے پہلے بیگ صاحب ہم سب کو یہ بتا کر حیران پریشان کر گئے تھے۔۔۔ کہ اس بچے کے ہاتھ میں لائف لائن نہیں تھی۔۔۔۔"

اس بچے کی موت ایک المناک سانحہ تھا۔۔۔۔ اور ہم سب اس لئے بھی اس کی موت سے اداس تھے کہ بیگ صاحب کی وساطت سے ہم محض چند گھنٹے قبل یہ جان چکے تھے کہ اُس بچے کے ہاتھ میں لائف لائن نہیں ہے۔۔۔ ہمارے علاقے میں ہر گھر اُس بچے کی ناگہانی موت پہ سوگوار تھا۔۔۔ اگلے ہی دن مجھے وہاں سے واپس آنا تھا۔۔ بہت دنوں تک اس واقعے کے پس منظر کے بارے میں سوچتا رہا۔۔۔ بیگ صاحب سے پھر دوبارہ ملاقات نہ ہو سکی۔۔۔ آج بھی جب کبھی یہ حادثہ یاد آتا ہے تو دماغ سوچ سوچ کر شل ہو جاتا ہے۔۔۔ لیکن کچھ سمجھ میں نہیں آتا۔۔۔ اب آپ بتائیں اسے ہم کیا کہیں گے۔۔۔۔؟۔۔۔ محض ایک اتفاق۔۔۔ یا درحقیقت علم غیب سے کوئی تعلق۔۔۔۔؟"

ڈاکٹر فاروق جو اب تک بڑے غور سے ڈاکٹر جمال کو سنے جا رہے تھے۔۔۔ یکدم بول پڑے

"بس کچھ اس سے ملتی جُلتی کیفیت سے آج کل میں گزر رہا ہوں۔۔۔ آپ تو جانتے ہیں میری مسز ناہید یہاں گرلز کالج میں ہسٹری کی لیکچرر ہیں۔۔۔ ہم دونوں نے مل جل

کر ایک چھوٹی سی کار خریدی ہے جس سے میرا ناہید اور دونوں بچوں کے آنے جانے کا مسلۂ حل ہو گیا ہے۔۔۔ ہم دونوں اس وجہ سے خاصے مطمئن تھے۔۔۔ پہلے میں بچوں کو اُن کے اسکول اتار دیتا۔۔ پھر ناہید کو اُس کے کالج ڈراپ کر کے یہاں ہسپتال آجاتا تھا۔ زندگی پہلے کے مقابلے میں قدرے آسان ہو گئی تھی۔۔۔ ورنہ بچوں کے لئے صبح کو پک اپ والے کا انتظار۔۔۔ کبھی وقت پر آیا کبھی دیر ہو گئی اور بچوں کو سکول میں دیر سے پہنچنے پر مصیبت الگ۔۔۔ اور پھر سکول انتظامیہ کی جانب سے ہماری یعنی والدین سے وضاحتیں الگ۔۔۔۔ پھر سکول سے واپسی پر جب تک بچے گھر واپس نہیں آجاتے یہ تمام عرصہ ایک پریشانی اور بے قراری میں گزرتا تھا۔۔۔"

"تو اب کیا ہو گیا۔۔ ؟"۔۔۔۔ میں نے بیچ ہی میں ڈاکٹر فاروق کی بات کو کاٹتے ہوئے اُن سے پوچھ لیا اور ڈاکٹر فاروق مجھے مخاطب کرتے ہوئے کہنے لگے۔۔۔

"ڈاکٹر شاکر۔۔ بس ہم اس سہولت کو بمشکل کوئی دو ماہ ہی بھر پائے ہوں گے کہ جیسے قدرت کو یہ بات اچھی نہیں لگی۔۔۔ ایک روز جب میں نے ناہید کو اُس کے کالج سے لیا تو وہ روز کی طرح خوش خوش آنے کے بجائے کچھ پریشان حال کار میں بیٹھی۔۔۔ میں نے اُس کے میگرین کی تکلیف کو پیش نظر رکھتے ہوئے خیریت معلوم کی۔۔ تو وہ بجھے ہوئے لہجے میں کہنے لگی میگرین نہیں ہے۔۔۔ بہت پوچھا لیکن اُس نے کچھ نہ بتایا۔۔۔ بچوں کو لے کر گھر پہنچے۔۔۔ میں خاصا پریشان تھا کیونکہ یہ ناہید کا انداز نہ تھا۔۔۔ کھانے کے بعد کئی بار کے پوچھنے پر وہ مجھ سے کہنے لگی۔۔۔ کہ مجھے کار بیچ دینی چاہیئے۔۔۔ میرے بہت پوچھنے پر اُس نے بتایا۔۔۔

" ہمارے ہاں ایک پروفیسر ہیں جو پڑھاتی انگریزی ادب ہیں لیکن اُن شہرت ایک دست شناس کی ہے۔۔۔ نجانے کیوں کل میں بھی اُن کے پاس اپنا ہاتھ دکھانے پہنچ گئی

تھی۔۔۔ میرے ہاتھ کو دیکھ کر وہ اک دم چپ سی ہو گئیں۔۔۔ پھر کہنے لگیں۔۔۔ آپ نے کار خریدی ہے۔۔۔؟ یہ آپ کی فیملی کو سوٹ نہیں کرے گی۔۔ بلکہ آپ کے شوہر کی جان کو اس سے خطرے کا امکان ہو سکتا ہے۔۔۔ میرا مشورہ ہے آپ یہ کار فوراً بیچ دیں۔۔۔"

"اپنی بیوی کی اس بات کو سُن کر میں ہنسا اور کہنے لگا کہ ظاہر ہے اُنہوں نے تمہیں اپنی نئی کار میں سے اترتے بیٹھتے کئی مرتبہ دیکھا ہو گا۔۔۔لہذا یہ تو اُن کے علم میں ہے۔۔۔ رہ گئی بات کہ یہ ہمیں یا ہماری فیملی کو سوٹ نہیں کرتی۔۔۔ تو تم خود ہی دیکھ لو کہ اس کے آنے سے ہماری مشترکہ مشکلات کس قدر کم ہو گئی ہیں۔۔۔ باقی تم میری طرف سے فکر نہ کرو۔۔ نہ میں تیز رفتار ڈرائیور ہوں نہ اتنا نوجوان کہ کار دیکھ بھال کے نہ چلاؤں۔۔۔ اور ویسے بھی میں دست شناسی اور ستاروں کے علم کو کوئی زیادہ اہمیت نہیں دیتا۔۔۔ اگر تمہیں یاد ہو تو شاید کسی ایسے ہی موقع کے لئے علامہ فرما گئے ہیں۔۔۔۔

ستارہ کیا میری تقدیر کی خبر دے گا

وہ خود فراخی افلاک میں ہے خار و زبوں۔۔

لیکن میرے بے حد سمجھانے کے باوجود ناہید نے میری بات سے اتفاق نہیں کیا۔۔۔ کئی روز سے کالج نہیں گئی۔۔۔ کھانے پینے میں بھی دلچسپی نہیں لے رہی۔۔۔ آجکل اُس کی رات کی نیند ڈسٹرب ہے۔۔۔ بچے الگ پریشان ہیں اور میری حالت تو آج آپ نے دیکھ ہی لی ہے۔۔۔ میں دراصل اسی حوالے سے آپ سے بات کر رہا تھا۔۔۔ جب کہ آپ یہ سمجھے کہ میں شاید آپ سے اختلاف کر رہا ہوں۔۔۔ حالانکہ میں چاہتا ہوں کہ آپ اس سلسلے میں میری مدد کریں۔۔۔۔"

ڈاکٹر فاروق کی کہانی سُننے کے بعد ہم تینوں ایسے چپ ہو گئے تھے۔۔۔ جیسے ہم سب

کو یہ خوف ہو کہ کہیں باہر کھڑے ہوئے لوگ ہماری بات چیت نہ سن لیں۔۔۔ جبکہ صحیح معنوں میں ڈاکٹر جمال موجودہ صورت حال کے بعد خاصے سنجیدہ ہو گئے تھے۔۔۔ کہ میں بیچ میں بول پڑا

"کیا یہ مناسب نہ ہو گا کہ بھابی کو آپ یہاں ڈاکٹر جمال کے پاس لے آئیں۔۔۔ اور یہ باقاعدہ طور پر اُن کا نفسیاتی علاج کریں۔۔۔"

"میں خود بھی یہی چاہتا ہوں۔۔۔ "ڈاکٹر فاروق نے میری تائید کرتے ہوئے کہا لیکن ڈاکٹر جمال کچھ توقف کے بعد بولے۔۔۔۔۔

"میرے خیال میں بہتر یہ رہے گا کہ میں اور ڈاکٹر شاکر آج یا کل کسی وقت آپ سے طے کر کے۔۔ آپ کے ہاں ایسے ہی ملنے آ جاتے ہیں۔۔۔ وہاں چائے پیتے ہوئے آپ بھابی کے سامنے یہ ذکر مجھے سنانے کو چھیڑ دیجئے گا۔۔ باقی میں نمٹ لوں گا۔۔۔"

ڈاکٹر فاروق اس مشورے پر خاصے مطمئن نظر آئے۔۔۔ صبح کے واقعے کے بعد سے پہلی بار میں نے اُن کے چہرے کو کسی حد تک پر سکون دیکھا۔۔۔

اگلے روز ہم ڈاکٹر فاروق سے طے شدہ وقت کے مطابق اُن کے ہاں سوا پانچ بجے پہنچ گئے۔۔۔ اُن کے ڈرائنگ روم میں ہمیں بیٹھے بمشکل پندرہ بیس منٹ ہوئے ہوں گے کہ مسز فاروق چائے کے لوازمات ٹرالی میں سجائے ڈرائنگ روم میں داخل ہوئیں۔۔۔ وہ ہمارے لئے چائے بنا رہی تھیں۔۔۔ ادھر میں ابھی یہی سوچ رہا تھا کہ دیکھیں اب ڈاکٹر جمال کس طرح اس صورت حال سے نمٹتے ہیں۔۔۔ کہ ڈاکٹر جمال نے چائے کی پیالی اٹھاتے ہوئے ماہر نفسیات کے انداز میں مسز فاروق کو پہلے تو نئی کار کی مبارک باد دی اور ساتھ ہی اُن کے چہرے کو دیکھتے ہوئے بولے۔۔۔۔۔

"مجھے ایسا لگتا ہے کہ آپ کئی راتوں سے مکمل نیند نہیں لے سکی ہیں۔۔۔"

ادھر مسز فاروق بس جیسے اسی موقع کی منتظر تھیں۔۔۔ یکدم روتے ہوئے کہنے لگیں۔۔۔

" بھائی صاحب۔۔۔ آپ ہی انہیں سمجھائیں۔۔۔ میں تو کہہ کہہ کر تھک گئی ہوں۔۔۔ کہ یہ اپنی کار بیچ دیں۔۔۔"

" لیکن ہم تو آج آپ کو در اصل نئی کار کی مبارکباد دینے آئے تھے۔۔۔ اور آپ اسے بیچنے کا کہہ رہی ہیں۔۔۔ خیریت تو ہے۔۔۔؟"

" انہوں نے تو آپ کو نہیں بتایا ہو گا۔۔۔ میں بتاتی ہوں۔۔۔ دراصل ہمارے کالج میں ایک پروفیسر سعیدہ ہیں جن کی شہرت دست شناس کی ہے۔۔ دور و نزدیک کے شہروں سے بھی لوگ اُنہیں اپنا ہاتھ دکھانے آتے ہیں۔ وہ کسی سے اس کا معاوضہ نہیں لیتیں۔ بس اُس دن نجانے میں کیوں اپنا ہاتھ دکھانے اُن کے پاس چلی گئی

" تو اُنہوں نے آپ کے ہاتھ کو دیکھ کر کیا کہہ دیا۔۔۔؟"

۔۔۔ ڈاکٹر جمال نے انتہائی پر سکون انداز میں چائے پیتے ہوئے مسز فاروق سے پوچھا جیسے وہ اس معاملے کے بارے میں بالکل بے خبر ہوں۔۔۔

" پروفیسر سعیدہ نے میرے ہاتھ کو دیکھ کر کہا تھا۔۔۔ کہ آپ کو نئی کار سوٹ نہیں کرے گی۔۔۔ بلکہ اس سے آپ کے شوہر کی جان کو خطرہ لاحق ہو سکتا ہے۔۔۔"

یہ کہتے ہوئے وہ ایسے بلک بلک کر رونے لگیں جیسے کوئی چھوٹی سی بچی ہوں۔۔۔ ڈاکٹر جمال نے اُنہیں تسلی دیتے ہوئے کہا۔۔

" گھبرایئے نہیں۔۔۔ مجھے بس یہ بتائیں کہ آپ کا ہاتھ دیکھنے والی ذرا قد کی لمبی سانولے رنگ کی گولڈن فریم کی عینک لگائے ہوئے انگریزی کی پروفیسر تو نہیں۔۔۔ اگر میں غلط نہیں اور یہ وہی ہیں تو وہ تو میرے علاج میں رہ چکی ہیں۔۔۔ سنا ہے اچھی استاد

ہیں۔۔۔ لیکن جب وہ میرے زیر علاج تھیں تو اُن کی شخصیت کا یہ جوہر مجھ پر نہیں کھلا تھا۔۔۔ بہر حال آپ مطمئن رہیں۔۔ جیسا آپ چاہیں گی ویسا ہی ہو جائے گا۔۔۔ لیکن کیا آپ مجھے اپنا ہاتھ دکھانا پسند کریں گی۔۔۔؟ کسی حد تک دست شناسی سے میں بھی واقف ہوں۔۔۔"

ڈاکٹر جمال کی باتوں نے جیسے مسز فاروق پر جادو کر دیا تھا۔۔ وہ اپنا ہاتھ پھیلا کر ڈاکٹر جمال کے پاس بیٹھ گئیں۔۔۔ ادھر میں اور ڈاکٹر فاروق بھی ڈاکٹر جمال کو غور سے دیکھے

جارہے تھے اور میں مسلسل یہی سوچ رہا تھا کہ دیکھیں اب پردہ غیب سے کیا ظہور میں آتا ہے۔۔۔؟ تب ڈاکٹر جمال نے مسز فاروق کے ہاتھ کو دیکھتے ہوئے بڑے اعتماد سے بولنا شروع کیا۔۔۔

"مسز فاروق۔۔۔ آپ اپنے طالب علموں میں خاصی مقبول ہیں۔۔۔ اور ایک اچھے استاد کی شہرت رکھتی ہیں۔۔۔ مجھے نہیں معلوم کہ آپ کون سا مضمون پڑھاتی ہیں لیکن پرانے وقتوں کی داستانوں اور واقعات پر آپ کو خاصا عبور حاصل ہے بلکہ شاید تاریخ کے مضمون سے آپ کو خاصی دلچسپی ہے۔۔۔۔ یہ کہنا عجیب ہو گا لیکن آپ کا ہاتھ بتا رہا ہے کہ آپ اپنے شوہر کے لئے بہت پزیسو ہیں۔۔۔ جبکہ میرے خیال میں ہمارے ہاں ہر محبت کرنے والی بیوی ایسی ہی ہوتی ہے۔۔۔ یعنی اس معاملے میں آپ اپنی کار کو بھی اپنے اور اپنے شوہر کے مابین ایک حد فاصل سمجھنے لگی ہیں۔۔۔ مجھے آپ کے ہاتھ میں ایسی کوئی بات نظر نہیں آرہی کہ میں آپ کو کار فروخت کرنے کا مشورہ دوں۔۔۔ بلکہ میں یہ مشورہ ضرور دوں گا کہ آج کے بعد ڈاکٹر فاروق کے بجائے کار آپ کے تصرف میں رہے گی۔۔۔ یعنی آپ فاروق کو ہسپتال چھوڑیں گی اور پھر واپسی میں انہیں اور اپنے بچوں کو پک

اپ کرنے کی ذمے داری بھی آپ کی ہو گی۔۔۔یعنی آپ کی کار بھی آپ کے پاس رہے گی۔۔۔ اور جس خطرے کی باعث آپ آجکل پریشان ہیں وہ بھی نہیں رہے گا۔۔۔۔ کہیئے اب آپ کا کیا خیال ہے۔۔۔۔؟"

لگتا تھا جیسے ڈاکٹر جمال نے منزل مار لی تھی۔۔۔ مسز فاروق بھی اپنے چہرے سے خاصی پر سکون نظر آ رہی تھیں۔۔۔ فاروق بھی مطمئن دکھائی دیتے تھے۔۔۔ اور مسز فاروق نے جیسے ڈاکٹر جمال کی باتوں سے اتفاق کر لیا تھا۔۔۔ اس کے بعد ہم کچھ دیر اور ڈاکٹر فاروق کے ہاں بیٹھے اور چائے پینے کے بعد دونوں میاں بیوی کو ایک حد تک آسودہ چھوڑ کر چلے آئے۔۔۔

کئی ماہ گزر گئے۔۔ اس دوران جب بھی ڈاکٹر فاروق سے ملاقات ہوئی۔۔۔ وہ پہلے سے کہیں زیادہ مطمئن نظر آئے۔۔۔ ایک دن راستے میں مجھے ملے تو میں نے مسکراتے ہوئے اُن سے خیریت دریافت کی۔۔۔ اور اُن کی کار کے بارے میں بھی پوچھ بیٹھا۔۔ جس پر وہ کہنے لگے۔۔۔

"ڈاکٹر شاکر۔۔ ڈاکٹر جمال نے تو میرا معاملہ ہی آسان کر دیا ہے۔۔۔ نہ اب مجھے پہلے کی طرح کار ڈرائیو کرنے کی ٹینشن رہی۔۔۔ نہ کوئی اور غم۔۔ اور پھر ناہید بھی اب کار کی فکر سے بے نیاز ہو گئی ہیں۔۔۔ اب وہ خود کار چلاتی ہیں بچوں کو اور مجھے ڈراپ کرتی ہیں۔۔۔ اسی طرح واپسی میں مجھے ہسپتال سے لیتے ہوئے بچوں کو اُن کے اسکول سے پک اپ کر کے گھر لے جاتی ہیں۔۔ اور بس خوش ہیں۔۔۔

"چلیں اس سے بہتر اور کیا بات ہو گی۔۔۔ ہم خرمہ و ہم ثواب۔۔۔ "میں نے کہا۔۔۔

ٹی روم گئے ہوئے ایک عرصہ ہو گیا تھا۔۔۔ ادھر کئی دنوں سے ڈاکٹر جمال سے

بھی ملاقات نہیں ہوئی تھی۔۔۔ کہ وہ ذہنی امراض کے کسی سیمینار میں شرکت کرنے شہر سے باہر گئے ہوئے تھے۔۔۔ اُس دن جب ٹی روم پہنچا تو وہاں ہمیشہ کی طرح ایک بحث زوروں پر تھی۔۔۔ لیکن آج بحث کا موضوع سیاسی نوعیت کا تھا۔۔۔ ڈاکٹر شاہد میرے سامنے بیٹھے ہوئے خاموشی سے چائے پی رہے تھے۔۔۔ ڈاکٹر فاروق ٹی روم میں دکھائی نہ دیئے۔۔۔

ٹی روم ایک طرح سے دیکھا جائے تو وقت گزاری کا وسیلہ ہی نہیں بحث کرنے والوں کے لئے ایک قسم کا اکھاڑہ سمجھیں۔۔۔ جہاں پہلوانوں کی طرح جسم کا زور دکھانے کے برعکس زبان کا زور دکھانے والوں کا اجتماع رہتا ہے۔۔۔ وہ حضرات جنہیں بحث کئے بغیر روٹی ہضم نہیں ہوتی۔۔۔ اُنہیں ٹی روم میں چائے بیشک نہ ملے۔۔ لیکن وہ ٹی روم جانا نہیں چھوڑ سکتے۔۔۔

گھر پہنچنے پر علم ہوا کہ بیگم کہیں گئی ہوئی ہیں۔۔۔ بچے اپنے اپنے کاموں میں مصروف تھے۔۔۔ تنہائی میں کھانا کھا کر اپنی عادت کے مطابق میں کچھ دیر کے لئے لیٹ گیا۔۔۔ لیکن طبیعت پہ ایک بوجھ کے باعث آنکھ نہ لگی۔۔۔ اُدھر بیگم بھی واپس نہیں آئی تھیں۔۔۔ میں اسی انتظار میں تھا کہ وہ آئیں تو واک کے لئے نکلوں۔۔۔ کہ فون کی گھنٹی بجنی شروع ہو گئی۔۔۔۔۔ ریسیور اٹھایا۔۔۔ تو دوسری طرف سے ہسپتال کی ایکسچینج کا آپریٹر بول رہا تھا۔۔۔

"ڈاکٹر صاحب۔۔ میں جاوید بول رہا ہوں۔۔۔ آج کوئی تین بجے ڈاکٹر فاروق کی کار کا ایکسیڈینٹ ہو گیا تھا۔۔۔۔ جس میں کار میں پچھلی سیٹ پر بیٹھے ہوئے دو بچے اور کوئی بزرگ خاتون زخمی ہوئے تھے جو ہسپتال میں داخل ہیں۔۔۔ ڈاکٹر فاروق اور اُن کی بیگم موقع پر ہی ہلاک ہو گئے۔۔۔۔"

میں ایک سکتے کے عالم میں تھا۔۔۔ ادھر آپریٹر مجھ سے بار بار پوچھے جارہا تھا۔۔۔

"ہیلو۔۔ ہیلو۔۔۔ ڈاکٹر صاحب آپ سن رہے ہیں۔۔۔۔ ایم ایس صاحب نے سب ڈاکٹروں کو اطلاع دینے کے لئے کہا تھا۔۔۔"

ریسیور میرے ہاتھ میں تھا۔۔۔ چند روز پہلے ڈاکٹر فاروق سے ہونے والی ملاقات مجھے یاد آ رہی تھی۔ ذہن میں ڈاکٹر شاہد کا پیشین گوئی کا تصور اور۔۔ ڈاکٹر جمال کی پریمونیشن تھیوری آپس میں خلط ملط تھیں۔۔۔ اس کنفیوزن میں بس ایک خیال طلوع ہو رہا تھا۔۔۔ کیا دست شناس پروفیسر سعیدہ کی پیش بینی کا اس بات سے کوئی ربط تھا۔۔۔؟

(۳) پنڈت جی اور بھگوان

سرور عالم راز

پنڈت بھارتی کرشن جی سڑک کے دوسری طرف کار کھڑی کر کے بریف کیس ہاتھ میں لئے جب میری کار کی جانب بڑھے تو ضرورت سے کچھ زیادہ ہی خوش نظر آ رہے تھے۔ یوں تو وہ عادتاً ہمیشہ مسکراتے ہی رہتے تھے مگر آج ان کی مسکراہٹ میں شادابی زیادہ دکھائی دے رہی تھی جیسے کچھ کوئی کھوئی ہوئی چیز مل گئی ہو۔ چال بھی آج زیادہ متوالی تھی، مونڈھے دائیں بائیں ڈول رہے تھے اور موٹے فریم کے پیچھے ان کی سیاہ بڑی بڑی آنکھیں خوب چمک رہی تھیں۔ انہوں نے اپنا بریف کیس کار کی پچھلی سیٹ پر سنبھال کر رکھا اور خود میرے برابر اگلی سیٹ پر بیٹھ گئے۔

'گڈ مارننگ راج ساب!' انہوں نے حسب معمول بڑے تپاک سے کہا۔

'گڈ مارننگ پنڈت جی! کہیے کیا سماچار ہیں؟' میں نے بھی مسکرا کر جواب دیا۔

وہ نہایت اطمینان سے بولے 'سب شبھ سماچار ہے بھائی ساب! پریوار اچھا ہے۔ بچے بھی مجے میں ہیں۔ سینچر اتوار کشل منگل سے گُجر گئے اور اب سوموار سے پھر وہی چاکری کا چکر ہے۔ ویسے بھگوان کی بڑی دیا ہے اور سچ پوچھئے تو چاہئے بھی یہی!'۔ ان کے چہرہ مہرہ سے سکون قلب ظاہر ہو رہا تھا جو ان کی سیدھی سادی باتوں میں بھی اتر آیا تھا۔

'بالکل سچ کہہ رہے ہیں آپ پنڈت جی!' میں نے کار اسٹارٹ کر کے دفتر کی جانب سڑک پر اس کو بڑھاتے ہوئے کہا۔ 'بھگوان کی مہربانی نہیں تو کچھ بھی نہیں۔ رہ گیا سوموار

تو وہ بھی ضروری ہے۔ نوکری بنا کام کیسے چلے گا؟ بل بھی تو ادا کرنے ہیں پنڈت جی!'

'یہ بات تو سولہ آنے سچ ہے راج ساب! پر نتو یہ تو ہے کہ شنیوار اور اتوار گھر میں مجھے سے آرام کر لو تو سوموار کو نوکری پر جانا کھلتا تو جرور ہی ہے!' پنڈت جی آج بھاشن دینے کے موڈ میں دکھائی دے رہے تھے۔

میں نے پینترا بدل کر کہا 'جی! ویسے پنڈت جی! آج آپ بڑے خوش دکھائی دے رہے ہیں! کیا بات ہے آخر؟ کیا کلپنا بھابھی سنیچر اتوار میں کچھ زیادہ مہربان رہی ہیں؟'

میری چٹکی پر پنڈت جی اپنی مخصوص کھنکھناتی ہوئی ہنسی سے تھوڑی دیر کے لئے بے حال ہو گئے۔ پھر جیب سے رومال نکال کر آنکھیں پوچھتے ہوئے بولے 'آپ تو کمال کرتے ہیں راج ساب! اب اس بڑھاپے میں کیا مہربانی ہو گی! گھر میں دو بچے ہیں اور سر پر دنیا کا یہ مایا جال چھایا ہوا ہے۔ ایک پھکر جاتی ہے تو دوسری آ جاتی ہے۔ وہ مہربانی والے دن تو ہوا ہو گئے بھائی ساب! اب جندگی میں پہلا جیسا مجا کہاں رہ گیا ہے؟ وہ تو جوانی دیوانی کے ساتھ احمد آباد کے کیماڑی پارک میں ہی رہ گیا!' کار میں ان کی ہنسی پھر کھنکھنائی۔

پنڈت بھارتی کرشن جی ہنستے ہوئے بہت اچھے لگتے تھے۔ گول ہشاش بشاش چہرہ پر چوڑی پیشانی کے اوپر سجے ہوئے سیاہ گھنیرے بال ان کی ہنسی کے ساتھ ادھر ادھر لہراتے اور آنکھوں کی چمک کچھ اور بڑھ جاتی۔ انہیں ہنستا دیکھ کر ایسا محسوس ہوتا تھا جیسے ہنسنا بھی ایک آرٹ ہو جو ہر ایک کے بس کا نہیں ہے۔ ان کی ہنسی میں سننے والے کا دل شامل ہونے کے لئے بے اختیار مچل جاتا تھا۔

میں نے سڑک سے ایک لمحہ کو نگاہیں ہٹا کر پنڈت جی کی جانب دیکھا۔ میں ان کی بھولی بھالی معصوم طبیعت سے بخوبی واقف تھا۔ وہ جب موڈ میں ہوتے تو بڑے پتہ کی باتیں کھول کھول کر بیان کر جاتے تھے۔ اس طرح ان کے منھ سے 'اندرونِ خانہ' والی باتیں

بھی بعض اوقات نکل جاتی تھیں ! بعد میں یار لوگ جب بھری محفل میں ان باتوں کو چٹخارے لے لے کر اور ان میں اپنی طرف سے مزید نمک مرچ ملا کر بیان کرتے تو پنڈت جی گھبرا گھبرا کر ان کو بڑی بیچارگی سے دیکھا کرتے تھے۔ لوگ کہتے تھے کہ اپنی ہی لنکا ڈھانے کے لئے پنڈت جی کو کسی اور گھر کے بھیدی کی کوئی بھی ضرورت نہیں تھی کیونکہ وہ خود اس کام کے لئے بہت کافی تھے ! بالکل بے ضرر انسان تھے۔ ہر ایک پر بہت جلدی بھروسہ کر لیتے اور پھر دھوکہ کھانے کے بعد مجھ سے یا کسی اور دوست سے دبی دبی زبان میں شکایت کرتے۔ مگر ایسا کبھی نہیں ہوا کہ وہ سخت سست کہنے پر اتر آئے ہوں یا ایک دو مرتبہ دھوکا کھانے کے بعد سبق سیکھ کر ہوشیار ہو گئے ہوں۔ گرم دودھ سے وہ جانے کتنی بار جل چکے تھے لیکن پھر بھی چھاچھ تو کیا وہ اسی گرم دودھ کو بھی پھونک کر نہیں پیتے تھے !

میں نے جوانی دیوانی اور کیماڑی پارک میں پنڈت جی کی گم گشتہ یادوں کا ذکر سنا تو خاموش نہ رہا گیا۔ 'کون سا کیماڑی پارک پنڈت جی؟ کیا جوانی کا قصہ یاد آگیا آپ کو؟'

'ارے راج ساب ! آپ کو کیا بتائیں ! آپ تو گجرات کی ترپھ کبھی گئے ہی نہیں ہیں۔ احمد آباد میں ایک پارک ہے کیماڑی پارک۔ بڑے ہی مجے کی جگہ ہے ساب ! سہر بھر کے کالج کے لڑکے اور لڑکیاں وہاں روجانہ گھومنے گھمانے آتے ہیں۔ وہیں کالج کے دنوں میں میری بھینٹ کلپنا جی سے ہو گئی تھی۔ پھر ہم لوگ سال بھر گھر والوں سے چھپ چھپ کر وہاں ملتے رہے اور اپنے ماں باپ تک من کی بات پہنچانے کے بہانے بھی ڈھونڈتے رہے۔ بس بھگوان کی کرپا سے بات کسی طرح سے بن ہی گئی اور ہماری سادی بھی ہو گئی۔ کیا مجے کا سمے تھا وہ بھی !' پنڈت جی ایک ہی سانس میں ساری رام کہانی کہہ گئے۔

میں نے مسکرا کر پھر چٹکی لی: 'تو یہ بات ہے پنڈت جی ! ارے آپ تو پرانے پاپی نکلے

بھائی! کلپنا بھابھی سے آپ کا عشق تو بڑا پرانا معلوم ہوتا ہے۔ جبھی تو میں کہوں کہ آپ ان کے ایسے دیوانے کیوں ہیں! آپ تو پرانے مجنوں نکلے پنڈت جی!'

پنڈت جی کچھ گھبرا سے گئے اور سٹپٹا کر بولے: 'راج ساب! وہ جوانی کا جمانہ جرور تھا اور ہم دونوں آپس میں ملتے جلتے بھی تھے پرنتو صرف بات چیت ہی کے لئے۔ آپ کچھ اور نہ سمجھ لیجئے گا بھائی ساب!' ان کے لہجہ سے لجاجت ٹپک رہی تھی۔

میں نے ان کو دلاسہ دیتے ہوئے جواب دیا: 'ارے نہیں پنڈت جی! آپ بھی کیا بات کر رہے ہیں۔ میں تو آپ کے بارے میں کوئی ایسی ویسی بات سوچ بھی نہیں سکتا ہوں۔ آپ کوئی فکر نہ کریں۔'

پنڈت جی مطمئن ہو کر مسکرائے اور کار کے ٹیپ پلیئر میں غزلوں کے ٹیپ لگانے میں مصروف ہو گئے۔

پنڈت بھارتی کرشن اور میں مقامی بجلی گھر میں انجینئر تھے۔ ان کے ساتھ تھوڑا سا کام کر کے ہی اندازہ ہو گیا تھا کہ انہیں انجینئرنگ تو خیر واجبی سی ہی آتی تھی، البتہ سیاست، ساتھیوں اور افسروں کی ماہرانہ خوشامد، پارٹی بازی وغیرہ کے ہنر ان کو خوب آتے تھے اور در اصل انہیں کے سہارے وہ نوکری میں وقت بھی کاٹ رہے تھے۔ طبیعت کے اس قدر اچھے اور بات چیت کے اتنے میٹھے تھے کہ ان کا ہر ملنے والا اگر ان سے خوش نہیں تھا تو ناخوش بھی نہیں تھا۔ معلوم نہیں وہ انجینئرنگ سے اتنا ناواقف ہونے کے باوجود امریکہ کیسے آ گئے تھے اور ان کو ملازمت کس نے دے دی تھی۔ کام تو وہ اپنے دوسرے ساتھیوں سے پوچھ پاچھ کر کسی نہ کسی طرح کر ہی لیتے تھے البتہ ان کو اکثر یہ نہیں معلوم ہوتا تھا کہ انہوں نے کیا کام کیا ہے! ایک مرتبہ خود ہی اپنی مشہور معصومیت کی جھونک میں انہوں نے مجھ سے کہا تھا: 'راج ساب! میں نے ٹیکساس پروفیشنل انجینئرنگ

(Professional Engineering)لائسنس کی درکھاست لگائی تھی پرنتو بورڈ نے اس کو منجور نہیں کیا تھا۔'

'کیوں پنڈت جی، کیوں منظور نہیں کی انہوں نے آپ کی درخواست؟' میں نے پوچھا تھا۔

'جی بھائی ساب! بورڈ کہتا ہے کہ ہم تو اس یونی ورسٹی کو ہی نہیں جانتے جہاں سے تم ڈگری لائے ہو۔' وہ سوکھا سا منہ بنا کر بولے۔

'آپ کے پاس ہے کون سی یونی ورسٹی کی ڈگری؟' میں نے کچھ حیرت سے پوچھا۔

تھوڑی دیر کی خاموشی کے بعد پنڈت جی نے کہا: 'راج ساب! آپ کو تو بھارت کا حال معلوم ہی ہے کہ سب چلتا ہے۔ پیسے سے سب کام ہو جاتا ہے۔ ہم بھی ایک نکلی یونیورسٹی سے ڈگری کھرید لائے تھے۔ اس جمانے میں امریکن ایمبسی ویجا دینے میں جیادہ جانچ پڑتال نہیں کرتی تھی۔ سو ہم بھی یہاں آگئے۔ پھر آپ جیسے کسی سجن دوست نے نوکری دلوادی اور اب آپ لوگوں کی مدد سے گاڑی چل رہی ہے۔'

میں نے زیادہ کریدنا مناسب نہیں سمجھا۔ ان کی گاڑی چل رہی تھی تو اس میں اڑنگا لگانے کی بھلا مجھ کو کیا ضرورت تھی؟ میں کوئی خدائی فوجدار تو تھا نہیں کہ ان کی پول کھول کر ان کی نوکری کے پیچھے پڑ جاتا۔ میں ان کی معصومیت سے خوب واقف تھا۔ البتہ یہ بات اب تک ایک راز ہی تھی کہ وہ اپنی حماقتوں کے باوجود نوکری پر قائم کیسے رہ گئے تھے؟ ان کی معصوم حماقتوں کے قصے لوگوں میں مشہور تھے اور میں بھی ان کو بھگت چکا تھا۔ ایک دن تو انہوں نہایت ہی پر لطف بات کہی تھی۔ آپ بھی سن لیں اور مزا لے لیں۔

ہوا یوں کہ ایک دن پنڈت جی میری کار میں بیٹھے دفتر جاتے ہوئے مشہور پاکستانی غزل نواز غلام علی کی غزلوں کا ایک ٹیپ سن رہے تھے۔ ایک غزل سنانے سے پہلے غلام

علیؔ نے کہا کہ :'اب میں آپ کو ایک چھوٹی بحر کی غزل سناتا ہوں' اور اس کے بعد انہوں نے غزل سنائی:

غم ہے یا خوشی ہے تو میری زندگی ہے تو
دوستوں کے درمیاں وجہ دوستی ہے تو

غزل ختم ہوئی تو پنڈت ؔجی نے مجھ سے بڑی معصومیت سے مخاطب ہو کر کہا: 'راجؔ ساب! 'چھوٹی بہن' پھلم تو ہم نے بھی دیکھی تھی مگر اس میں تو یہ گجل نہیں تھی!'

ان کی اس بات پر بے اختیار میری ہنسی نکل پڑی اور پنڈت ؔجی اس کے دوران میرا منہ حیرت سے تکتے رہے! جب میرے پیٹ میں سانس سمایا تو میں نے بیچارے پنڈت ؔجی کو 'چھوٹی بحر' اور 'چھوٹی بہن' کا فرق سمجھانے کی ناکام کوشش کی۔ ناکام اس لئے کہہ رہا ہوں کہ حالانکہ وہ میری باتوں پر بڑی سنجیدگی سے سر ہلاتے رہے مگر ان کی سیاہ آنکھوں کی سراسیمگی اور پیشانی کی نمی چغلی کھا رہی تھیں کہ ان کے پلے کچھ نہیں پڑا تھا۔ اور آج پنڈت ؔجی میری کار میں بیٹھے ہوئے پھر دفتر جا رہے تھے!

میں اپنے خیالوں میں گم سڑک کی ٹریفک سے تقریباً بے خبر اور اس سے غیر شعوری طور سے بچتا بچاتا کار چلا رہا تھا اور پنڈت ؔجی بظاہر ٹیپ پر غزل سن رہے تھے۔ اور بہت سی چیزوں کی طرح کار چلانا بھی ایک عادت ہے۔ مدت تک چلاتے رہیئے تو پھر ٹریفک اور گرد و پیش کا احساس بھی کم ہو جاتا ہے اور بعض اوقات منزل مقصود پر پہنچ کر ڈرائیور کو یہ بھی یاد نہیں رہتا کہ کون سے راستہ سے وہ وہاں پہنچا ہے۔ میں ابھی آدھے راستہ پر ہی تھا کہ پنڈت ؔجی نے اچانک ہاتھ بڑھا کر ٹیپ بند کر دیا۔ غلام علیؔ یکایک اس طرح خاموش ہوئے تو میں بھی چونک پڑا۔

'کیوں پنڈت ؔجی کیا بات ہے؟ ٹیپ کیوں بند کر دیا؟ غزل پسند نہیں آئی کیا؟' میں

نے پوچھا۔ چشمہ ناک پر اوپر کھسکاتے ہوئے انہوں نے کچھ سوچ کر کہا: 'نہیں راجؔ ساب! ایسی تو کوئی بات نہیں ہے۔ یوں ہی ایک کھیال من میں اچانک آگیا۔ سوچا کہ آپ سے اس پر کچھ بات کروں۔'

میں نے ان کو سوالیہ نظروں سے دیکھا۔ کار میں بیٹھتے وقت وہ جتنے خوش اور مطمئن نظر آئے تھے، اس وقت اسی قدر فکر مند اور اداس دکھائی دے رہے تھے۔ کچھ دیر وہ خاموشی سے کار سے باہر سڑک کو گھورتے رہے اور پھر بولے: 'راجؔ ساب! پتہ نہیں کئی دن سے یہ کھیال کیوں رہ رہ کر من کو بے چین کر رہا ہے۔ میں روج سویرے اٹھ کر اشنان کرتا ہوں اور پھر بھگوان کی پوجا کرتا ہوں۔ اتنی عمر گجر گئی لیکن آج تک میں نے بھگوان کو دیکھا نہیں۔ وہ ہے بھی کہ نہیں؟ کہیں ایسا تو نہیں کہ اتنے سال میں یونہی بیکار ہی مورتی کے سامنے اپنا سمے برباد کرتا رہا ہوں؟ بھلا یہ کیسے پتہ چل سکتا ہے کہ بھگوان ہے؟ آپ ہی بتائیے کہ بھگوان کو کس طرح دیکھا جا سکتا ہے؟'

پنڈت بھارتی کرشنؔ جی کے اس بیڈھب سوال نے مجھ کو حیرت میں ڈال دیا۔ یہ وہی پنڈتؔ جی تھے جو میرے گھر میں آتے تو ڈرائنگ روم میں دیوار پر آویزاں میرے مرحوم والدین کی تصویروں کے سامنے ہاتھ جوڑ کر عقیدت سے پرنام کرنے کھڑے ہو جاتے تھے کیونکہ ان کو ان تصویروں میں اپنے بزرگوں کی پرچھائیں نظر آتی تھی۔ ان کی اس عجیب سے سوال کا میرے پاس کوئی جواب نہیں تھا۔

یوں ہی بات بنانے کی خاطر ان سے پوچھا: 'کیوں پنڈتؔ جی! آج صبح سویرے گھر سے نکلتے ہوئے آپ نے کیا دیکھا اور کیا کیا جو ایسا سوال آپ کے دل میں آیا؟'

'کچھ بھی تو نہیں راجؔ ساب! وہ میرا ننھا بیٹا راجیشؔ روج میرے ساتھ اٹھ جاتا ہے اور درواجے تک مجھ کو چھوڑنے آتا ہے۔ آج بھی آیا تھا۔ میں اس کو گود میں لے کر پیار کر

کے آپ کی طرف چلا آیا۔ اور بس!' انہوں نے بڑی سادگی سے کہا۔

اور مجھ کو ایسا محسوس ہوا جیسے میری آنکھیں کسی نے کھول دی ہوں۔ چاروں جانب مجھے روشنی ہی روشنی نظر آ رہی تھی۔

میں نے ان سے کہا: 'پنڈت جی! حیرت ہے کہ آپ روزانہ صبح اپنے ننھے بیٹے کو گود میں لے کر پیار کرتے ہیں اور اس کو دیکھتے ہیں، پھر بھی آپ کو آج تک بھگوان نہیں دکھائی دئے! ارے بھائی، آپ نے اپنے بیٹے کو دیکھا تو بھگوان کو دیکھ لیا! سچ کہئے کیا بھگوان کی مہامایا آپ کے معصوم بچے کے پیار سے زیادہ پیاری ہے؟'

میرا یہ کہنا تھا کہ پنڈت جی کا چہرہ پہلے فق ہوا اور پھر خود اپنے ہی بوجھ سے جیسے لٹک کر رہ گیا! ایک لمحہ بعد ان کی گود میں ٹپ سے ایک آنسو گرا اور دامن میں جذب ہو گیا۔ دیکھتے دیکھتے ان کی آنکھوں سے آنسوؤں کی جھڑی لگ گئی۔ میں ان کے دل کا درد سمجھ رہا تھا۔ کار میں برابر چلاتا رہا لیکن اب ایسا لگ رہا تھا جیسے میں کسی طلسماتی تخت پر بیٹھا سہانی اور ٹھنڈی ہواؤں کے بازوؤں پر سوار اڑا جا رہا ہوں۔ دفتر پہنچتے پہنچتے پنڈت جی کی آنکھوں کا طوفان تھم چکا تھا۔ انہوں نے رومال سے آنکھیں پوچھیں اور کار سے اتر کر ہاتھ جوڑ کر مجھ کو پرنام کیا۔ پھر اچانک وہ جھکے، میرے پیروں کو اپنے دونوں ہاتھوں سے چھو کر اپنی پیشانی سے لگایا اور پلٹ کر بھاری بھاری قدموں سے دفتر کے اندر غائب ہو گئے۔

پنڈت بھارتی کرشن جی آج اپنے بھگوان کو پہچان گئے تھے!

(۴) نجات

سیمیں برلاس

(یوتھینزیا کے موضوع پر ایک افسانہ)

میں جانتی تھی کہ یہ کوئی ہنسنے کی بات نہیں تھی۔ یہ بہت ہی تشویش کی بات تھی۔ بلکہ پریشان کن بات تھی۔ مگر پھر بھی میں 'نیورولوجسٹ' سے 'اپوانٹمنٹ' کے بعد واپسی کے وقت گاڑی میں مستقل ہنسے جارہی تھی اور اپنے بارے میں ڈاکٹر کی تشخیص کا مذاق اڑائے جارہی تھی۔ ایم، ایس یہ بھی کوئی بیماری ہوئی بھلا؟۔۔ میرے نام کے ساتھ ایم، ایس لگادیا۔

"بھائی میں۔۔ تو۔۔ مسز ہوں پھر میرے نام کے ساتھ ایم، ایس کی کیا ضرورت ہے؟۔" یہ کہتے ہوئے میں پھر بے تحاشا ہنسنے لگی۔ تب ہی جاوید نے قدرے ڈانٹنے کے انداز میں کہا۔

"شمع تمہیں اندازا ہے تم کس کھائی کے دہانے پر کھڑی ہو۔"

جاوید کی بات سن کر میں سنجیدہ ہوگئی اور جواب میں کہا۔

"جانتی ہوں جب ہی تو اس کھائی میں گرنے سے پہلے جتنا جی سکتی ہوں اسے بھرپور طریقہ سے جینا چاہتی ہوں۔"

"آفرین ہے تم پر۔۔" جاوید اتنا کہہ کر پھر خاموش ہو گئے۔ میں ان کے دل کا کرب ان کے چہرے سے پڑھ سکتی تھی۔ کنسلٹنٹ کے کمرے میں ہی نیورولوجسٹ کی

باتیں سن کر ان کا رنگ زرد اور پھر سفید پڑ گیا تھا جیسے کسی نے ان کی رگوں سے سارا خون نچوڑ لیا ہو۔ نیورولوجسٹ مجھے لاحق مرض، ایم، ایس یعنی ملٹیپل اسکلیروسس کے بارے میں بتا رہا تھا کس طرح بڑھتا ہے اس میں کیا کیا ہو سکتا ہے مریض کس حد تک اپاہج ہو سکتا ہے وغیرہ وغیرہ۔ میں تو کچھ بھی نہیں سن رہی تھی صرف جاوید کے چہرے کے اڑتے ہوئے رنگ دیکھ رہی تھی۔ مجھے بہت گھبراہٹ ہو رہی تھی یوں لگ رہا تھا جیسے میرا دم گھٹا جا رہا تھا۔ میں کمرے سے نکل کر کہیں دور بھاگ جانا چاہتی تھی۔ زور زور سے چیخنا چلانا چاہتی تھی۔ لیکن میں نے ان سب چیخوں کو اپنے اندر ہی گھونٹ لیا اور اب گاڑی میں بھی میں اس اندر کے شور کو قہقہوں میں گم کر دینا چاہتی تھی۔ میرے اس طرح ہنسنے سے جاوید کا موڈ بھی تھوڑا بہتر ہو گیا تھا، یوسف کے اسکول کی چھٹی کا وقت ہو گیا تھا ہم راستے میں یوسف کو اسکول سے لیتے ہوئے 'پیزا ہٹ' چلے گئے، شام تک ہم یوں ہی گھومتے پھرتے رہے، رات کو یوسف کو سلانے کے بعد میں جاوید کو چائے کا کپ دے کر اپنے کمرے میں چلی گئی جاوید کہہ رہے تھے کہ "تم نے چائے لانے کی تکلیف کیوں کی، میں خود چائے بنا لیا کروں گا۔"

"ابھی جب تک ہاتھ پاوں میں دم ہے مجھے اپنی خدمت کرنے دو، پھر تو سب کچھ تم کو ہی کرنا ہو گا، ابھی تو میں اپاہج نہیں ہوئی ہوں۔" میں نے ہنس کر کہا اور اپنے بیڈ روم میں چلی آئی۔ کمرے میں پہنچ کر میں نے دروازہ بند کر لیا اور جس طوفان کو اپنے اندر بند کر رکھا تھا وہ سارے بند توڑ کر بہہ نکلا۔ میری آنکھوں سے آنسوؤں کی جھڑی سی لگ گئی، تکیہ میں مونہہ چھپا کر میں دیر تک روتی رہی۔ میں اپنے خدا کے آگے گڑگڑانے لگی۔

"یا میرے مولا ابھی تو میرا یوسف بہت چھوٹا ہے، میرے بعد اس کا کیا ہو گا۔ بس اتنی مہلت دے دے کہ وہ اپنے قدموں پر کھڑا ہو جائے۔" روتے روتے میں کب سو

گئی، کب صبح ہو گئی مجھے اس کا احساس تک نہ ہوا، پھر یوں ہی بے حسی میں دن رات گزرتے رہے۔ میں نے زندگی کے لمبے چوڑے منصوبے بنانا چھوڑ دیئے تھے، نہ گزرے ہوئے کل سے کوئی شکوہ تھا نہ آنے والے کل کی کوئی منصوبہ بندی۔ اب میں صرف اور صرف جینا چاہتی تھی۔ بروقت علاج کے شروع ہو جانے کی وجہ سے میری بیماری کا تیزی سے بڑھنا رُک گیا تھا۔ اور میں اب تقریباً نارمل زندگی گزار رہی تھی۔ میرے لیے اتنا کافی تھا کہ میں چھڑی کے سہارے یوسف کو اسکول تک چھوڑ آتی تھی اور واپس لے آتی تھی۔ گھر کے کام کاج کر لیتی تھی اور جب سے جاوید نے مجھے 'اسپیشل موڈیفائیڈ' گاڑی دلا دی تھی میں شاپنگ بھی خود ہی کر لیا کرتی تھی۔ میرے لیے میری یہ خود مختاری، 'انڈیپینڈینس' بہت اہم تھی، یہ احساس کہ میں کسی پر بوجھ نہیں ہوں میرے گھر والوں کو میری ضرورت ہے میں انکے کام کر سکتی ہوں اپنے کام کر سکتی ہوں، کسی کی محتاج نہیں ہوں، یہ سب میری عزت نفس کے لیے، میرے جینے کے لیے بہت ضروری تھا۔ زندگی کی گاڑی بہت حد تک نارمل انداز میں چلتی رہی۔

وقت یونہی گزرتا رہا، یوسف تعلیم مکمل کر کے آسٹریلیا میں سیٹل ہو گیا، اسے ساحل اور سمندر کی گرم خنک ہواؤں نے یا پھر ماریا کی سنہری زلفوں نے اپنا اسیر کر لیا تھا۔ یوسف کا اصرار تھا کہ ہم بھی وہاں ہی منتقل ہو جائیں مگر اب اس بڑھاپے میں اس بیماری کے ساتھ میرے لیے اتنی بڑی تبدیلی آسان نہیں تھی اس لئے ہم صرف ایک بار ہی اس کی شادی پر آسٹریلیا گئے تھے۔ ماریہ، مریم یوسف بن کر دلہن کے جوڑے میں بہت پیاری لگ رہی تھی۔ ہم اُن دونوں کو خوش دیکھ کر خوش تھے اور ڈھیروں دعائیں دے کر واپس لندن آ گئے تھے۔ وقت کے ساتھ انسان کتنا بدل جاتا ہے، ہمیں ایسا لگتا تھا جیسے ہم نے بیٹے کی شادی نہیں کی ہے بلکہ بیٹی گھر سے رخصت کر دی ہے۔ خیر ہم نے

زندگی کے اس فیصلے سے بھی سمجھوتہ کر لیا تھا۔ اور کاروان زیست کے ساتھ رواں دواں تھے کہ گاڑی کے ایک حادثہ نے مجھے بالکل معذور کر دیا۔ وقت نے یہ ایسی ضرب لگائی تھی کہ ہم پھر نہ سنبھل سکے۔ سر پر چوٹ آنے کی وجہ سے میرے جسم کا بایاں حصہ مفلوج ہو گیا تھا، چھ مہینے ہسپتال میں علاج کے بعد میں بڑی مشکل سے اس قابل ہوئی تھی کہ 'ویل چیئر' کی مدد سے ایک کمرے سے دوسرے کمرے میں جا سکوں۔ میں اس طرح محتاج ہو کر جینے پر مر جانے کو ترجیح دیتی تھی۔ میں نے ڈاکٹروں سے کتنی بار منت کی کہ وہ مجھے کوئی دوا دے کر اس زندگی سے نجات دلا دیں۔ جاوید کی خوشامد کی کہ تم مجھے یورپ کے کسی اسے ملک میں لے جاؤ جہاں 'یوتھینیزیا' قانونی طور پر جائز ہے مگر کسی نے میری ایک نہ سُنی۔ میں نے کھانا پینا چھوڑ دیا۔ لیکن مجھے ڈرپ لگا کر زندہ رکھا گیا، زندگی مجھے خدا کا دیا ہوا تحفہ نہیں بلکہ ایک بوجھ لگتی تھی اور میں اس بوجھ کو ہر صورت میں اُتار کر پھینک دینا چاہتی تھی۔ ایسی زندگی کا کیا فائدہ جو کسی کے کام نہ آسکے، دوسروں پر ایک بوجھ بن جائے۔ لیکن جاوید، یوسف اور مریم کے پیار نے مجھے پھر سے زندگی سے ہمکنار کر دیا۔ لیکن یوسف اور مریم نے ہمیشہ تو ہمارے ساتھ نہیں رہنا تھا۔ وہ آج دو مہینے بعد واپس آسٹریلیا چلے گئے تھے۔ دونوں ہی نوکری پیشہ تھے اور اُنہیں اُنکے کام سے اس سے زیادہ چھٹی نہیں مل سکتی تھی۔ اب میری طبیعت بھی پہلے سے بہت بہتر تھی اسلیے اُنکے مزید رُکنے کا کوی جواز بھی نہیں تھا۔ اُن دونوں کے جانے کے بعد گھر میں کیسا سناٹا چھا گیا تھا، ہم دونوں بھرے گھر میں تنہا ہو گئے تھے۔ جاوید کو میں نے پہلی بار اتنا افسردہ دیکھا تھا۔ بڑھاپے میں جوان بیٹا باپ کی لاٹھی ہوتا ہے جسکے سہارے وہ سیدھا کھڑا ہو سکتا ہے، اس سہارے کے بغیر یوں لگ رہا تھا جیسے جاوید کی کمر زندگی کے بوجھ سے دوہری ہو گئی تھی۔ انہوں نے بڑی حسرت سے مجھ سے کہا۔

"شاید اگر ہماری بیٹی ہوتی تو ہمارے دکھ کو محسوس کر سکتی۔۔" پھر وہ مجھے بستر میں آرام سے لٹا کر خود چائے کا کپ لے کر ٹی وی دیکھنے بیٹھ گئے۔ میں دن بھر کی تھکی ہوئی تھی اسلئے فوراً ہی سو گئی۔

آدھی رات میں جب میری آنکھ کھلی تو ٹی وی بدستور چل رہا تھا، اور جاوید کُرسی پر اسی طرح بیٹھے تھے میں نے سوچا شاید سو گئے ہیں، دو چار آوازیں دیں مگر کوئی جواب نہ پایا تو بمشکل تمام اپنے آپ کو گھسیٹ کر ویل چیر پر بیٹھ کر ان تک جا کر دیکھا تو انکے برابر میز پر چائے رکھی ہوئی ٹھنڈی ہو چکی تھی۔ میں نے جو انکو اٹھانے کے لیے اُن کے بدن کو ہاتھ لگایا تو وہ چائے کے کپ سے بھی زیادہ ٹھنڈا تھا۔

اس کے بعد کی مجھے کچھ خبر نہیں، شاید صبح کے 'کیررز' نے امبولینس بلائی ہو گی، جب ہی تو میں ہسپتال میں تھی، میرے سرہانے کے پاس شاید یوسف کھڑا تھا وہ شاید آج ہی پُہنچا تھا۔ میں گزشتہ ایک ہفتہ سے اسی طرح بیہوشی کی حالت میں ہوں۔ ڈاکٹروں کا خیال ہے کہ میں شاید اسی طرح مہینوں یا برسوں تک رہ سکتی ہوں، اور اگر ہوش میں آ بھی گئی تو بستر سے اٹھنے کی اُمید بہت کم ہے، انھیں چوبیس گھنٹے نگہداشت کی ضرورت ہو گی۔ نرس یوسف کو بتا رہی تھی۔

"لیکن میں تو بہت مشکل سے صرف ایک ہفتہ کی چھٹی لے کر آیا ہوں، اور اب دو بار آنے جانے کہ اخراجات کی وجہ سے میرے پاس اتنے پیسے بھی نہیں ہیں کہ میں نرسنگ ہوم کا انتظام کر سکوں۔ "یوسف کے لہجے سے اس کی پریشانی اور تشویش صاف ظاہر تھی۔

"ٹھیک ہے شام کو جب ڈاکٹر راؤنڈ پر آئیں گے تو اُن سے مشورہ کیا جائے گا۔" پھر یوسف تھوڑی دیر میرے پاس بیٹھ کر چلا گیا۔ شاید تھک رہا ہو گا اتنا لمبا سفر کر کے جو آیا

تھا۔

میں بستر پر بے سُدھ پڑے پڑے کمرے میں آتے جاتے قدموں کی چاپ سُنتی رہی، شام ڈھلے میرے گرد کچھ زیادہ چہل پہل ہونے لگی۔ میرے بیڈ کو شاید کسی دوسرے کمرے میں لے جایا جا رہا تھا۔ مجھے جرنل وارڈ سے الگ کمرے میں منتقل کر دیا گیا تھا۔ مگر کیوں میری سمجھ میں کچھ نہیں آ رہا تھا۔ مجھے الگ کمرے میں کیوں منتقل کر دیا گیا تھا؟۔ میرے بستر کے پاس یوسف ڈاکٹروں سے کچھ بات کر رہا تھا،۔ وہ لوگ میری تکلیف ختم کرنے کی بات کر رہے تھے۔ میرا بیٹا نہیں چاہتا تھا کہ میں یوں کسمپُرسی کی حالت میں بستر پر پڑی رہوں۔ وہ کہہ رہا تھا۔

"میری ماں بہت خوددار ہے وہ اس طرح زندہ رہنے پر مرنے کو ترجیح دے گی۔" وہ میری زبان بن کر مجھے زندگی کی تکلیف سے آزاد کرنے کے فیصلے کی تائید کر رہا تھا۔ یہ بھی شاید 'یوتھینیزیا' کا ہی دوسرا نام ہے۔۔! یہ میری زندگی ہے۔۔! اسے ختم کرنے کا کسی کو حق نہیں ہے۔ میں نے چیخنا چاہا مگر میری آواز بس ایک سسکی کی طرح ہی نکل سکی۔

"یہ بہت تکلیف میں ہیں۔۔" نرس نے میری سسکیاں سُن کر کہا۔ میں موت کو اپنے سر پر منڈلاتا ہوا دیکھ کر گھبرا گئی۔ میری سانس تیز تیز چلنے لگی تو سینے پر جمع ہوئے بلغم کی آواز خرخر آنے لگی۔ جسے سن کر یوسف اور پریشان ہونے لگا۔ میری ڈرپ میں لگی مورفین کی ڈوز کو بڑھاتے ہوئے نرس نے کہا۔

"بس ابھی آرام آجائے گا۔"

میں آج سے پہلے مرنے کی آرزو میں مری جا رہی تھی۔ سب سے اپنے مار ڈالنے کی بہت التجائیں کرتی تھی مگر اب موت کو اپنے سامنے دیکھ کر مجھے زندگی کی قیمت کا احساس ہو رہا تھا۔ میں یوں بے موت مرنا نہیں چاہتی۔۔ دوا کا اثر میرے اعصاب پر ہونے لگا

تھا۔۔ میری سانسیں ڈوبنے لگی تھیں۔۔ میں اندھیروں میں گم نہیں ہونا چاہتی۔۔ میں حرام موت نہیں مرنا چاہتی۔۔ مگر کوئی بھی میری بات سننے والا نہیں تھا۔ میرے ارد گرد سب لوگ تو میری خواہش کے مطابق مجھے میری تکلیفوں سے نجات دلا رہے تھے۔۔۔!!

(۵) مردہ روحیں

منیزہ جمال

یوں تو وسط نومبر کی سرد، برفیلی ہواؤں نے سردی کی شدت میں کئی گنا اضافہ کیا ہوا تھا، مگر آج صبح ہی سے گہرے سیاہ بادل بھی آسمان پر چھائے ہوئے تھے، سہ پہر ہوتے ہوتے سردی کی پہلی بارش دھواں دار برسنے لگی۔ نگہت آراء اپنے نرم گرم لحاف میں دبکی جاسوسی ناول کے مزے لے رہی تھیں۔ خانساماں کچن میں شام کی چائے اور دیگر لوازمات کی تیاری میں مصروف تھا اور صفائی والی ماسی ابھی کچھ دیر قبل ہی گھر کے تمام کام نمٹا کر جا چکی تھی۔

بارش پورے زور سے برسنے لگی، نگہت آراء نے بارش کا شور سنا، وہ اٹھیں، اپنے گرد دبیز اُونی شال لپیٹی اور ڈرائنگ روم کی طرف چلیں۔ تمام کھڑکیاں بند تھیں۔ انہوں نے سلائیڈنگ ذرا کھسکا کے باہر کا جائزہ لیا۔ اُف۔۔۔ بارش کی ٹھنڈی یخ بوچھاڑ انکے چہرے سے ٹکرائی اور سرد ہوائیں انکے مساموں کو چیر گئیں۔ انہوں نے جلدی سے کھڑکی بند کی اور سردی کی شدت کو کم کرنے کے لئیے دونوں ہاتھ زور زور سے ملتیں ہیٹر کے نزدیک جا بیٹھیں۔ مگر فوراً ہی زوبی کا خیال آتے ہی وہ اٹھیں اور ٹیلی فون کی طرف بڑھیں مگر اسی لمحے ان کا موبائل چیخ اٹھا۔ "ہیلو مما" دوسری جانب سے زوبی کی آواز سنائی دی۔

"زوبی۔ بیٹا میں تمہیں فون کرنے ہی والی تھی۔ بہت تیز بارش ہے ابھی کالج سے نہ نکلنا"۔۔۔ انہوں نے بیٹی کو تاکید کی۔ "مما میں تو کالج سے نکل چکی ہوں اور اس وقت

راستے میں ہوں گھر سے نزدیک، بس تھوڑی دیر تک پہنچ جاؤنگی"

"اوہ۔ ٹھیک ہے ڈیئر۔ ٹیک کیئر۔ دھیان سے ڈرائیو کروزوبی"۔ "او۔ کے۔ مام۔ بائے"۔۔۔۔

"بائے بیٹا"۔ فون بند کر کے انہوں نے کچن کا رخ کیا، خانساماں پہلے ہی موسم کی شدت کو دیکھتے ہوئے گھر کا چکر لگا

کر آ رہا تھا۔۔ "بیگم صاب، بارش بہت تیز ہے۔ بڑے کالے بادل ہیں آسمان پر، لگتا ہے آج بہت دیر تک بارش ہو گی"۔ وہ اپنے پورے دانت نکالتا ہوا بولا۔

"ہاں ہاں۔۔ مگر دیکھنا باہر تمہارے اور چوکیدار کے کمرے میں پانی نہ جائے، کھڑکیاں وغیرہ اچھی طرح بند کر دو"

"بیگم صاب، ابھی میں گیا تھا ادھر۔ سب ٹھیک ہے۔ سب کھڑکیاں دروازے بند ہیں"۔ اس نے تفصیل بتائی۔

"ٹھیک ہے۔ اور پرنس؟ وہ تو گھر کے اندر ہی ہے نا"! نگہت آراء نے یقین دہانی چاہی۔

"جی بیگم صاب، وہ گھر کے اندر ہی ہے لاؤنج میں"۔

"چلو ٹھیک ہے۔ تم اب جاؤ کچن میں۔۔ اور ہاں پرنس کو ادھر لے آؤ میرے پاس، ڈرائنگ روم میں"۔

"جی بیگم صاب، ابھی لایا"۔

سفید ریشم جیسے بالوں والا خوبصورت پرنس گلے میں کالے موتیوں کا پٹہ ڈالے اب ڈرائنگ روم میں نگہت آراء کے قدموں میں لوٹ رہا تھا، انہوں نے پیار سے اٹھا کر اسے اپنے قریب بٹھایا اور اس کے ریشمیں بالوں پر ہاتھ پھیرنے لگیں۔ تب ہی باہر سے ہارن

کی آواز آئی۔ کچھ ہی دیر میں زوبی چھتری ہاتھ میں تھامے کمرے میں داخل ہوئی۔

'اوہ، مما۔ کیا غضب کی بارش ہو رہی ہے باہر "!!! یہ کہتے ہوئے وہ ماں کے گال چوم کر تیزی سے ہیٹر کے قریب جا بیٹھی اور سردی کی شدت کو کم کرنے کی کوشش کرنے لگی۔ اسی وقت دس، بارہ سال کے دو چھوٹے بچے بھی زوبی کے پیچھے کمرے میں داخل ہوئے۔ اُڑی اُڑی سی مٹیالی رنگت، بے نور آنکھیں، بے رونق الجھے ہوئے بال، پھٹے پرانے گندے کپڑوں میں ملبوس معصوم چہروں والے دونوں بچے ڈرائنگ روم کے دروازے کے ساتھ ہی ٹک گئے۔ ٹھنڈ سے انکے ہونٹ سفید پڑ چکے تھے انکے بالوں اور کپڑوں سے بارش کا پانی قطرہ قطرہ ٹپک کر دبیز قالین کے کناروں میں جذب ہونے لگا۔

" اوہ مائی گاڈ! یہ کون ہیں زوبی۔ سارا قالین خراب کر دیا۔ پچھلے مہینے ہی تو کس شوق سے خریدا ہے میں نے یہ ایرانی قالین۔

کس کی اجازت سے تم اندر آئے "؟ وہ تیز لہجے میں بولیں

' مما۔ یہ بے چارے بارش سے بچ کر سڑک پر ایک دیوار سے لگے کھڑے تھے۔ میں انہیں ساتھ لے آئی اپنی گاڑی میں۔ کوڑا چنتے ہیں بے چارے " زوبی نے وضاحت کی۔ نگہت آراء نے قہر آلود نگاہوں سے بیٹی کو دیکھا گویا انہیں اس سے اس قسم کی حماقت کی ہرگز توقع نہ تھی۔ " اچھا اچھا ٹھیک ہے۔۔ چلو نکلو، باہر نکلو یہاں سے۔ ادھر جا کر بیٹھو۔۔ باہر گیراج میں "۔

" اوہ مما۔ باہر تو بہت ٹھنڈ ہے! وہاں کہاں بیٹھیں گے یہ بے چارے " زوبی نے دبی دبی فریاد کی۔

' تو ہم کیا کر سکتے ہیں بھلا؟ چلو بس اب باہر جا کر بیٹھو "۔ نگہت آراء نے فیصلہ سنایا۔ دونوں بچے الٹے قدموں سے کمرے سے باہر نکل کر گیراج میں آ گئے اور ایک گاڑی کی

آڑ میں دبک کر بیٹھ گئے۔ مگر منہ سے کچھ نہ بولے کہ انکا پورا وجود چیخ چیخ کر خود ہی انکی کہانی سنا رہا تھا۔ شاید ان کا معصوم ذہن یہ سمجھنے سے قاصر تھا کہ وہ کس جرم کی پاداش میں یوں اس ٹھنڈ اور بارش میں در بدر پھر رہے ہیں۔ آخر وہ کیوں اس عالیشان مکان کے خوبصورت ڈرائنگ روم سے دھتکار کر نکال دیئے گئے۔ کیوں ہر سال بارشوں میں جب انکے کچے گھر تباہ ہو جاتے ہیں تو وہ اور ان جیسے بہت سے کسی اسکول یا سرکاری عمارت میں وقتی طور پر پناہ لینے پر مجبور ہو جاتے ہیں۔ اور بارشوں کے بعد پھر چٹائیوں اور بانسوں سے اپنا آشیانہ کھڑا کر لیتے ہیں۔ کیوں ان کے بہن بھائی موسموں کی شدت اور کم خوراک کی وجہ سے بیماریوں کا شکار ہو کر ہمیشہ کے لئے انہیں چھوڑ جاتے ہیں کہ ان کے پاس ان کے علاج کے لئے مناسب رقم نہیں ہوتی۔ یہ اور اس جیسے بہت سے سوالات کے جواب شاید انہیں معلوم نہ تھے۔ اور یوں بھی انہیں ان سوالوں کے جواب دیتا بھی تو آخر کون؟۔ وہ تو ہمہ وقت دو وقت کی روٹی کے حصول کی جدوجہد کیا کرتے اگرچہ یہ سب جھیلنا انکے لیئے سہل نہ تھا۔

شام کی چائے کا دور چلا۔ چائے سے فارغ ہو کر سارا دن کی تھکی ماندی زوبی سیدھی اپنے کمرے میں سونے کے لئے چلی گئی۔ نگہت آراء بھی چائے سے فارغ ہو کر فون پر خوش گپیوں میں مصروف ہو گئیں۔ ریشمی ملائم بالوں والا پرنس ہیٹر کے قریب ہی نگہت آراء کے ساتھ صوفے پر آنکھیں موندے بیٹھا تھا۔ تھوڑی تھوڑی دیر بعد نگہت آراء بڑے چاؤ سے اس کے ملائم بالوں پر پیار سے ہاتھ پھیرتی جاتیں۔ شام اب ڈھلنے کو تھی۔ بارش اب تک برس رہی تھی۔ خانساماں کچن سے سارا کام سمیٹ کر ابھی ابھی باہر نکلا تھا۔ نگہت آراء نے جوں ہی فون پر بات ختم کی تو بولا۔ "بیگم صاب۔ ادھر گیراج میں بچہ لوگ کو بھی کچھ دے دوں کھانے کو"

"اوہ ہاں۔ دیکھو! انہیں تو بھول ہی گئے۔ ٹھیک ہے کچھ سموسے وغیرہ بچ گئے ہوں تو دے آؤ ان کو"۔

"جی بیگم صاب" خانساماں تابعداری سے سر ہلاتا ہوا مڑ گیا۔ مگر کچھ ہی دیر بعد وہ سموسوں اور پکوڑوں کی پلیٹ ہاتھ میں تھامے لوٹ آیا۔ "بیگم صاب! بچہ لوگ ادھر نائیں ہیں۔ چوکیدار کہتا ہے کہ وہ دونوں تو تب ہی چلے گئے تھے۔ کہتے تھے ہماری جھگیوں میں بارش کا پانی آ گیا ہو گا، ہماری ماں اکیلی ہے اور چھوٹی بہن بیمار ہے۔ وہ دونوں پریشان ہو رہی ہوں گی اس بارش میں! اس لیئے ہم کو جانا ہو گا" خانساماں نے جو کچھ چوکیدار سے سنا تھا جوں کا توں بیان کر دیا۔

"اچھا!!!۔۔ چہ چہ چہ۔۔۔ بہت افسوس کی بات ہے۔۔۔ کیا زندگی ہے ان بے چاروں کی بھی! نگہت آراء نے دلی ہمدردی کا اظہار کیا۔

"خیر۔۔۔، خانساماں تم یہ دروازہ ٹھیک سے بند کر دو۔ باہر ہوا بہت سرد ہے۔"

"جی۔ جی بیگم صاب"

"اور ہاں پرنس کا کھانا بھی لے آؤ اسے بھوک لگی ہو گی، اس کے کھانے کا وقت ہو رہا ہے"۔

"جی۔ جی بیگم صاب۔ بس ابھی لایا"!!!

نگہت آراء بارش کا جائزہ لینے کے لئے اٹھیں، اپنے گرد دبیز اُونی شال لپیٹی اور کھڑکی کی طرف چلیں۔ سلائیڈنگ ذرا کھسکا کے باہر دیکھا۔ سہ پہر سے شروع ہونے والی بارش ابھی تک دھواں دار برس رہی تھی۔ اُف۔۔۔ بارش کی ٹھنڈی بوچھار انکے چہرے سے ٹکرائی اور سرد ہوائیں انکے مساموں کو چیر گئیں۔ انہوں نے جلدی سے کھڑکی بند کی اور سردی کی شدت کو کم کرنے کے لیئے دونوں ہاتھ زور زور سے ملتیں ہیٹر کے نزدیک جا بیٹھیں۔

(۶) پانی جیسی بیٹی

ڈاکٹر نگہت نسیم

زندگی کا سب سے مضبوط رشتہ بے لوث محبت کا ہوتا ہے۔۔ محبت تو یہ بھی سمجھا دیتی ہے کہ بغیر طمع کے اپنے رب سے مانگنا ہی اصل عبادت ہے۔۔ اس سے شکوہ کئے بغیر اس کی رضا کو اپنی خوشی ماننا ہی تو اصل ریاضت ہے۔۔ آپا کا سارا فلسفہ ہی محبت، قناعت اور رضا کے گرد گھومتا رہتا تھا۔۔ پر بھائی جان ہمیشہ کہا کرتے۔۔ "جی نہیں آپا جی بے لوث محبت کرنے کے لئے ضروری ہوتا ہے کہ گونگے بہرے ہو جاؤ۔۔ بھائی جان کے جوابی فلسفے پر آپا ہنس دیا کرتیں۔۔ اور رہی میں تو اس طرح کی علمی ادبی بحث میں پڑنے کی بجائے دونوں کو بٹر بٹر دیکھتی رہتی۔ میں نے ان کے ساتھ پچیس برس رہ کر بھی ایسا کچھ نہ سیکھا تھا۔ ہر وقت کی شکایت ہوتی یا ہر وقت کے گلے ہوتے۔۔ وہ بھی کبھی انسانوں سے تو کبھی خدا سے۔۔ بس میں ان جیسی نہیں تھی۔۔

ہاں کبھی زندگی سے زیادہ الجھ جاتی تو آپا کے دوپٹے میں چھپ جایا کرتی۔۔ مجھے آپا کے دوپٹے سے ایک خاص قسم کی مہک آتی تھی۔۔ جسے میں پرفیوم کی خوشبو جان کر اس کا نام جاننے کے لئے ان کی ڈریسنگ ٹیبل میں اکثر گھسی رہتی۔۔ لیکن وہ پرفیوم نہیں تھا۔۔ وہ مہک کچھ اور تھی، نہ کسی پھول کی مہک تھی نہ کسی عطر کی باس۔۔ امی جی بتایا کرتی کہ اللہ والوں کی ایک خاص خوشبو ہوتی ہے جو ان کی پہچان بن جاتی ہے۔۔ جو مرنے کے بعد بھی اگربتی اور لوبان میں مہکا کرتی ہے۔۔ آپا میں بھی کوئی اللہ والی روح بستی تھی۔۔

کوئی سوچ بھی نہیں سکتا کہ کوئی صرف خالی محبت سے کیسے اپنا پیٹ بھر سکتا ہے یا پھر مٹھی بھر یادوں کے سہارے اپنی زندگی گزار سکتا ہے لیکن اس دنیا میں ہر وقت کچھ انوکھا سا ہوا ہی رہتا ہے۔۔ شائد برائیوں سے بھری دنیا کا بھرم اور توازن اسی سے قائم تھا۔۔ ورنہ بدلنے کو کیا کچھ نہیں بدل رہا تھا۔۔

آسمان و زمین کی کشش بدل رہی تھیں۔۔

سائینسدان خلاؤں پر راج کرنے لگے تھے۔۔

آئے دن سمندر زمین پر الٹنے لگے تھے۔۔

ایسے ہی ہم تینوں بہن بھائی بھی دنیا کے نقشے پر بکھر گئے تھے۔۔ امی جان اور ابو جان کبھی پاکستان ہوتے تو کبھی ہم سب کے پاس۔۔ دونوں پاکستان میں زیادہ خوش رہتے تھے۔۔ ہم سب مل کر ان کی صحت اور ایک ساتھ زندگی گزارنے کی دعائیں ان سے زیادہ مانگا کرتے۔۔ شائد دنیا کی حقیقتوں کو قریب سے دیکھ جو لیا تھا۔۔ پر طمانیت رہتی تھی کہ اب دنیا بدل چکی ہے۔ اتنی ترقی کر چکی ہے کہ کوئی خود سے جدا لگتا ہی نہ تھا۔۔ روزانہ کے فون، ای میل سے ایک ہی منٹ میں ہزاروں میل کی دوریاں ختم ہو جاتی تھیں اور بات وہیں سے شروع ہو جاتی جہاں ختم ہوئی ہوتی تھی۔۔ آج آپا کی ڈائری پڑھتے ہوئے بھی ایسا ہی لگ رہا تھا جیسے ماضی حال میں ڈھل گیا ہو اور سارے منظر اتنے صاف اور شفاف ہو گئے ہوں کہ جیسے شدید بارشوں کے بعد آسمان صاف نظر آتا ہے۔

میں آپا کی ڈائری سے نہیں بلکہ ان کے اندر رہنے والی اس سبک روح سے مل رہی تھی جو صرف محبتیں کرنا اور بانٹنا ہی جانتی تھی۔۔ یہ وہی ڈائری تھی جسے آپا اس بار پاکستان بھول آئی تھیں اور امی جی نے ایک پرانی سی ڈائری میرے ہاتھ میں دیتے ہوئے کہا تھا کہ اس بار جب تیری آپا تم سے ملنے آئے تو اسے دے دینا۔۔ پھر کچھ کہتے کہتے اچانک چپ

ہو گئیں تھیں۔۔ پھر آہستگی سے گیٹ کی طرف بڑھ گئیں، جانے پھر کیا سوچا کہ جاتے جاتے پلٹ آئیں۔۔ بڑی محبت سے مجھے گلے لگایا۔۔ نم آنکھوں سے مجھے دیکھتی رہیں اور بڑی شفقت سے بولیں " میں جانتی ہوں ننھی کہ محبت کا رشتہ دستخط شدہ رشتے سے کہیں زیادہ مضبوط ہوتا ہے پر دنیا میں باعزت رہنے کے لئے محبت نہیں دستخط شدہ رشتوں کی ضرورت ہوتی ہے "۔ اور میں کچھ بھی نہ سمجھ سکی صرف اثبات میں سر ہلا دیا تھا۔

امی جی، ابو جی کے ساتھ پاکستان واپس جا چکی تھیں۔۔ اور اب میں بے قراری سے ڈائری کے ورق الٹ رہی تھی۔۔ آپا کی باتیں ان ہی کی طرح اجلی تھیں۔۔ کالی ڈائری کے زرد سے ورق اپنے پرانے ہونے کا پتہ دے رہے تھے۔۔ یوں لگ رہا تھا جیسے آپا کی وہی مخصوص سے مہک ہر طرف پھیل گئی ہو۔۔ ان کی سلگتی ہوئی دھیمی سی آواز فضا کو سوختہ بنا رہی ہو۔۔ آپا نے لکھا تھا۔

یوں تو کچھ بھی نیا نہ ہوا تھا۔۔ تم نے سات برس برس پہلے شادی کر لی تھی اور میں نے تمہاری شادی کے ٹھیک سات برس بعد بھی اپنے بارے میں سوچا تک نہ تھا۔۔ شائد اس زندگی کو یونہی گزرنا ہے اور گزر ہی جائے گی۔۔ سچ کہوں مجھے کبھی احساس ہی نہ ہوا تھا کہ میں تمہارے بغیر تنہا رہ گئی ہوں اور یہ بھی کہ میں نے تمہیں برسوں سے دیکھا تک نہیں ہے۔۔ بھلا اس سے فرق بھی کیا پڑتا ہے۔۔ مجھے کبھی لگا ہی نہیں کہ تم مجھ سے کبھی سات سیکنڈ بھی جدا ہوئے ہو۔۔ اب تم سے ملاقات کے لئے کیا یہ سب ضروری ہے کہ تم میرے سامنے مجسم بھی رہو۔۔ چلتے پھرتے سانس لیتے ہوئے میرے آس پاس مہکو۔۔ یا پھر تمہیں سامنے بٹھا کر اپنی آنکھوں میں سمیٹتی رہوں۔۔ پھر ایسا ہونا ضروری ہو کہ سماعتوں میں تمہاری آوازیں ہر وقت گونجیں اور پھر تہہ در تہہ ان یادوں کو حافظے کے شیلف پر سجاتی رہوں۔۔ تم اوروں سے اتنے الگ ہو کہ تم سے محبت کرنے کو، تمہیں یاد

رکھنے کو، تم سے وابستہ رہنے کو ایک خیال، ایک منظر ہی بہت ہے۔۔ میری اس تفسیر محبت پر ننھی کا خیال ہے کہ میں اور میری محبت دوسروں سے کچھ جدا سی ہے۔۔

ہاں آپا، آپ ہم سب میں بہت مختلف ہیں۔۔ ڈائری پڑھتے پڑھتے میں خود ہی اقرار کرتے ہوئے مسکرا دی۔۔ میرے تصور میں بھی آپا کے ساتھ نعیم بھائی کی شبیہ جیسے ٹھہر سی گئی تھی۔۔ نعیم بھائی ابو جی کے دوست کے بیٹے تھے۔۔ ہم سب کے بے حد لاڈلے بھائی۔۔ کوئی محفل ان کے بغیر سجتی نہیں تھی۔۔ وہ ایروناٹکیل انجنیر تھے۔۔ انہیں ترقی کرنے کا بہت شوق تھا۔۔ اور انہیں یہی ترقی ہم سے جدا کرتی تھی اور پھر اسی ترقی کے خبط نے انہیں ہم سب سے جدا بھی کر دیا۔۔ وہ شادی کر کے مزید پڑھنے کے لئے امریکہ جا چکے تھے۔ لیکن آپا کے لئے شاید وہ انہیں کے پاس رہ گئے تھے۔۔ جبھی تو آپا نے لکھا تھا۔۔

مجھے تمہیں یاد کرنے کی عادت سی ہو گئی ہے۔۔ مجھے وہ دن اب بھی یاد ہے جب ہم سب کھانا کھا کر جلد اٹھ گئے تھے۔ سب کا خیال تھا کہ آج دیر تک بیٹھ کر کوئی فلم دیکھی جائے گی۔۔ مجھے بھلا کیا اعتراض ہونا تھا۔۔ میں تو پانی کی روانی جیسا رواں رہنا چاہتی تھی۔۔ امی جی کہتی تھیں کہ "لڑکیوں کو پانی کی طرح ہونا چاہئے جس سانچے میں ڈھالیں ڈھل جائیں"۔۔ ننھی کو امی جی کی یہ باتیں پرانی صدی کی لگتی تھیں۔۔ شائد اسے لگتا ہو گا جیسے عورت اپنا مقام رضا اور خاموشی میں گنوا دیتی ہے پر اسے کیسے سمجھاؤں کہ عورت کا مقام چاہے گھر میں ہو یا دلوں میں وہ رضا اور خاموشی سے کسی بھی سانچے میں ڈھل جانے سے ہی بنتا ہے۔۔

دوسرے صفحے پر آپا نے بڑی محبت سے لکھا تھا۔۔

کمرے میں اندھیرا ہو چکا تھا۔۔ فلم دیکھنے کے لئے ہم سب نے اپنی اپنی سیٹیں

سنبھال لی تھیں۔۔ اب سب فلم دیکھ رہے تھے اور میں اپنی ملاقاتوں کے سفر پر تھی۔۔ جانے یہ سچ تھا یا مجھے ہی ایسا لگتا تھا جیسے محبوب کبھی پرانا نہیں ہوتا۔۔ میں آج بھی تمہیں دیکھ سکتی ہوں۔۔ بالکل ویسا ہی مسکراتا ہوا چہرہ۔۔ روشن پیشانی۔۔ خوبصورت بڑی بڑی آنکھیں جن کی چمک کبھی ماند نہ پڑتی تھی۔۔ انکل لقمان حال ہی میں تم سے مل کر ورجینیا سے آئے تھے بتا رہے تھے۔ وہ بتا رہے تھے کہ اب تمہاری پیشانی پر تین لکیریں پڑ چکی ہیں اور تم پر عینک بہت جچتی ہے۔۔ تمہارے ہونٹ اب ہلکے سے مسکراتے نہیں ہیں بلکہ سنجید گی سے ایک دوسرے سے ملے رہتے ہیں۔۔ اور۔۔ اور تمہاری آواز میں پہلی جیسی شوخی نہیں بلکہ ایک ٹھہراؤ سا آگیا ہے۔۔ اور یہ بھی کہ لوگ آج کل تمہیں صلاح نہیں دیتے بلکہ تم سے صلاح لینے لگے ہیں۔۔

اور سنو یہ سوچتے ہی میں ہنس پڑی ہوں۔۔

مجھے یاد آیا تم اپنی بڑی باجی سے کہا کرتے تھے کہ جب میں ہنستی ہوں تو نچلے ہونٹ کے بائیں طرف ایک چھوٹا سا گڑھا پڑ جاتا ہے جو صرف تمہیں نظر آتا ہے اور کوئی اسے دیکھ ہی نہیں پاتا۔۔ اب جانے محبت کی نظر حسن پرست تھی یا تمہاری آنکھ کی جادوگری تھی۔ جانتی ہوں تو بس اتنا کہ اس کے بعد مجھے ہنسنا اچھا لگنے لگا تھا۔۔ مجھے ابھی تک سمجھ نہیں آیا کہ اس وقت میری پسند سے ناپسند تک سارے ادراک تمہیں کیونکر ہو جایا کرتے تھے۔ تم میرے سامنے جب جب آئے میں نے تمہیں خاموشی سے مسکراتے ہوئے ہی دیکھا تھا۔۔ آج بھی سوچتی ہوں تو مجھے کوئی لمحہ ایسا یاد نہیں آتا جب تم نے کچھ ایسا کہا ہو کہ میں سمجھتی کہ مجھے تمہارے ساتھ رہنا ہے۔۔۔ پر۔۔ ہاں جانے کیوں یہ احساس ہر دم ضرور رہا جیسے مجھے تمہاری ہی ہو کر رہنا ہے۔۔ جبھی تو میرے مسلسل انکار پر امی جی بہت پریشان ہیں اور تمہاری بڑی باجی نے الگ ضد کر رکھی ہے۔

بقول ننھی کے آپا کو خوش رہنے کے لئے کسی بڑی خوشی کی ضرورت نہیں پڑتی بلکہ کسی کا ان کی وجہ سے خوش ہو جانا ہی ان کی خوشی بن جاتی ہے۔۔ اپنی بہن کی باتوں پر میں اکثر ہنس دیا کرتی ہوں۔۔ بہت بار کہنا چاہا پر اسے کبھی سمجھا نہ سکی کہ خوشی جب تک کسی سے منسوب نہ ہو زندہ نہیں رہتی۔۔ اور میری خوشی جس نام سے منسوب ہے وہ نام اپنی غیر موجودگی میں بھی میری سانس سانس بحال رکھتا ہے۔۔ کاش میں یہ بات ننھی کے علاوہ امی جی کو بھی بتا سکتی کہ تمہاری یاد میری خوشی کا محور ہے اور میرے سکون کا باعث بھی۔۔

سب پوچھتے تھے کہ مجھے کوئی پسند ہے تو بتا دوں ورنہ امی جی اور ابو جی پر بوجھ بننے کا مجھے کوئی حق نہیں ہے۔۔ یہ بھی سچ تھا کہ میں کسی کی محبت پر بوجھ نہیں بننا چاہتی تھی۔۔ پر میرے پاس کہنے کو تھا ہی کیا۔۔۔ بس کچھ گونگی ملاقاتیں۔۔ جن کو میں ساری عمر زاد راہ کے لئے تو رکھ سکتی تھی لیکن ان کے سہارے پوری عمر تنہا نہیں گزار سکتی تھی کیونکہ میرے ارد گرد رہنے والے کبھی میرے تنہا رہنے سے خوش نہیں رہ سکتے تھے۔۔

وقت دبے پاؤں گزر رہا تھا۔۔ رمضان کا آخری عشرہ ہے۔۔ عید کی تیاریاں بھی ساتھ ساتھ ہو رہی ہیں۔ سنو یقین نہیں ہوتا کہ تمہارے بغیر یہ میری ساتویں عید ہے۔ یوں لگتا تھا جیسے پچھلے سارے منظر ٹھہر سے گئے ہوں۔ لو آج عید ہو بھی گئی۔۔ اس برس بھی عید پر تم بہت یاد آئے۔۔۔ مجھے تمہارے ساتھ گزری آخری عید آج بھی پہلی عید کی طرح کی یاد تھی اور اس عید کو یاد رکھنا مجھے ہر عید پر یونہی خوش رکھتا ہے۔۔ اس عید پر ہم سب بہن بھائی اکٹھے تھے اور اس رات کو تم بھی ہمارے ساتھ ہی تھے۔۔ تمہارے ہونے سے ہم سب بہت خوش رہتے تھے۔۔ اور میں تو جیسے آسمانوں کی سیر پر تھی۔۔

اس عید پر سب نے ایک دوسرے کو عیدی دی تھی۔۔ ننھی ہم سب میں چھوٹی

تھی سو اس کے حصے میں تحفے سب سے زیادہ آئے تھے۔۔ جس پر وہ کسی پری کی طرح یہاں وہاں اڑتی پھر رہی تھی۔۔ میں نے چپکے سے تمہاری طرف دیکھا تو تم مسکراتے ہوئے میری ہی طرف دیکھ رہے تھے۔۔ مجھے یوں لگا جیسے تم نے کندھے اچکاتے ہوئے کہا ہو، اوہ بھول گیا! میں تو تمہارے لیئے کچھ لایا ہی نہیں۔۔ تم نے خالی ہاتھ میرے سامنے پھیلا دیئے تھے اور میں ایسے ہنس پڑی تھی جیسے کہا ہو۔۔ بھلا اس سے بڑی عیدی کیا ہو سکتی ہے۔۔ تم میری آنکھوں کے سامنے صبح سے شام تک ہو۔۔ میں اس سے آگے کچھ اور سوچتی کہ اچانک تم نے ہنستے ہوئے گولڈن ڈبیا میری طرف بڑھا دی۔۔ میں نے حیرت سے تمہیں دیکھا اور پھر ڈبیا کی طرف۔۔ الٹ پلٹ کر دیکھا تو کچھ سمجھ نہ پائی تھی۔۔ بے اختیار کہہ دیا" ارے ڈبیا تو خالی ہے "۔۔ میری حیرت پر تم کھکھلا کر ہنس پڑے۔۔۔ پھر دیکھنے دکھانے میں ڈبیا میری جھولی میں گر گئی۔۔

میں نے خالی ڈبیا اٹھا کر دوبارہ اپنی ہتھیلی پر رکھتے ہوئے تمہاری طرف دیکھا۔۔ تمہاری وہ حصار کھینچتی ہوئی مسکراہٹ میں اس وقت بھی اپنے ارد گرد محسوس کر سکتی ہوں۔۔ میں نے سحر زدہ ہو کر گولڈن خالی ڈبیا پر کندہ لفظوں کو دیکھا۔۔

اس پر لکھا تھا" حبیب من"۔۔

حبیب من۔۔

میں نے پلٹ کر حیرت اور خوشی سے تمہیں دیکھا۔۔ اور تم نے خاموشی سے وہ سب کہہ دیا جو لفظوں کی جادوگری میں ممکن نہ تھا۔۔

اوہ میرے خدا۔۔

حبیب من۔۔۔ میرا روم روم پکار رہا تھا۔۔

حبیب من۔۔ محبوبیت کا وہ درجہ جو خاموش ریاضتوں کا صلہ ہوتا ہے۔۔ جسے جیتنے

کے لئے کوئی لڑائی نہیں لڑنی پڑتی۔۔ پانے اور نہ پانے سے آزاد یہ محبت کی وہ ڈگری تھی جسے صرف دل والے ہی ایک دوسرے کو دیتے تھے اور اپنے دلوں کے نہاں خانے میں سجاتے تھے۔۔

کتنی عجیب بات تھی تم نے کبھی زبان سے کچھ نہ کہا تھا۔۔ ہماری ہر ملاقات گونگی تھی پر میرے پاس یادوں اور باتوں کے انبار سے لگے ہوئے تھے۔ دیکھو تو برسوں سے میرے ساتھ تم نہیں ہو پر تمہاری رفاقت ہر دم رہتی ہے۔۔ شاید محبت کو خود بھی معلوم نہیں کہ وہ کتنی طاقت رکھتی ہے۔۔ خود آگہی کی ساری رمزیں سکھا دیتی ہے۔۔ یہ بھی بتا دیتی ہے کہ زندگی کا سب سے مضبوط رشتہ بے لوث محبت کا ہوتا ہے۔۔ محبت تو یہ بھی سمجھا دیتی ہے کہ بغیر طمع کے اپنے رب سے مانگنا ہی اصل عبادت ہے۔۔ اس سے شکوہ کئے بغیر اس کی رضا کو اپنی خوشی ماننا ہی تو اصل ریاضت ہے۔

سنو آج کل جب میں اپنے ارد گرد دیکھتی ہوں تو کچھ اور بھی سوچنے لگی ہوں۔۔ سوچتی ہوں رب نے ہر انسان کو رشتوں کے ساتھ بنایا ہے اور اسے نباہتے رہنے کے ہنر سے آباد بھی کیا ہے۔۔ میرا تم سے بے لوث محبت کا جو رشتہ جڑا ہے وہ تو ہمیشہ میرے ساتھ رہے گا ہی۔۔ پر۔۔ میں اپنی امی جی کی پانی جیسی بیٹی بھی تو ہوں۔۔ مجھے اب کسی دوسرے سانچے میں ڈھل جانا چاہئے۔۔

اکیس اپریل کے بعد آپا نے ڈائری میں کچھ نہیں لکھا تھا۔۔ کیونکہ ٹھیک ایک ماہ بعد آپا کی شادی ہوگئی تھی۔

(۷) لڈن

سرور غزالی

بہت غور و خوض کے بعد مجھے گمان ہوا کہ یہ نہ تو میری چھٹی حس ہے نہ ہی مجھ پر غیب سے انکشافات ہوتے ہیں بلکہ قدرت کے قانون کے تحت جو تھوڑی سی ذہانت میرے حصے میں آئی ہے وہ ان چند قیمتی لمحوں میں مجھ سے میری ذہانت سے وہی کچھ کروا لیتی ہے جو قدرت کا منشا ہوتا ہے۔

وگرنہ راہ چلتے چلتے مجھے کیونکر یہ احساس ہوتا کہ یہ سر کے اوپر گذرنے والا تار نیچے بھی تو گر سکتا ہے، اس کی ایک توجیح یہ بھی ہو سکتی ہے کہ میں نے ایسا بارہا اخباروں میں پڑھ رکھا تھا کہ کس طرح کوئی بجلی کے تار گرنے جاں بحق ہو گیا۔ اور اسی لیے میں گرتے تار سے پرے ہٹ کر بچ گیا تو اور شاید کار کے حادثات بھی میں نے بہت پڑھ رکھے ہیں اور کبھی مجھے یہ بھی خیال آتا ہے کہ فرض کرو ایسا کوئی حادثہ پیش آئے تو اس موقع پر کیا کرنا چاہئے وغیرہ وغیرہ۔۔۔ کچھ بھی ہو۔ حقیقت یہی ہے کہ میری ذرا معمولی حرکت نے کار کے جان لیوا حادثے کو ایک ایسے حادثے میں بدل دیا کہ کار تو ختم ہو گئی البتہ میں صاف بچ گیا۔۔۔ یقیناً اس کی ایک وجہ یہ بھی تھی کہ اسوقت میرا وقت پورا نہیں ہوا تھا۔۔۔ اور جب تک پوار نہیں ہو گا ایسا ہوتا رہے گا۔۔۔

اس دن بھی ایسا ہی کچھ ہونے جا رہا تھا۔۔۔ اور پھر ہوا بھی مگر ایسا کچھ کہ اس کے نشانات آج بھی میری روح اٹھائے پھر رہی ہے۔۔۔

میرے چھوٹا بھائی نے جب یہ سنا کہ میں اپنے دوستوں کے ساتھ کرکٹ کا میچ دیکھنے نیشنل اسٹیڈیم جا رہا ہوں تو وہ ہمیشہ کی طرح ہمارے پیچھے لگ گیا اور ہمیں مجبوراً اسے ساتھ لینا ہی پڑا۔۔۔ لڈن نے بھی اس کی سفارش کی اور ظفر تو پہلے ہی سے تیار بیٹھا تھا۔۔۔

"جس کو چلنا ہے چلے۔۔۔ سب کو بلا ٹکٹ اندر گھسانا میری ذمہ داری ہے۔" اس نے اعلان کیا۔

ہمارا خیال تھا کہ وہ ڈینگ مار رہا ہے۔۔ لیکن جب ہم سب گیٹ کے نزدیک پہنچے تو ظفر نے ہمیں پیچھے کھڑے رہنے کو کہا اور خود آگے بڑھ کر نہ جانے کس زبان میں کیا جادوئی باتیں کیں کہ گیٹ کیپر نے ہم سب پر نظرِ غائر ڈالی اور اشارہ کیا کہ ہم سب اندر داخل ہو جائیں۔۔۔

ہم سب تو مل کر ظفر کو کاندھے پر اٹھانے والے تھے۔۔ کہ واہ کیا پالا مارا ہے۔۔۔ مگر ظفر نے ہم سبھوں کو ڈانٹا اور تنبیہ کی کے چپ چاپ ادھر ادھر ہو کر جسے جہاں جگہ ملے بیٹھ جاؤ اور میچ دیکھو۔۔ ہم سب واقعی ادھر ادھر ہو گئے۔۔۔ میں میرا بھائی اور لڈن البتہ اکھٹے ہی رہے۔۔۔

تھوڑی دیر کے بعد ہی میرا اور لڈن کا دل میچ دیکھنے سے بھر چکا تھا۔۔ ہمیں یوں بھی میچ کب دیکھنا تھا۔۔۔ اگر دیکھنا ہوتا تو کیا گھر میں ٹی وی پر نہ دیکھ لیتا۔ ہمارا تو خیال تھا کہ اسٹیڈیم میں جا کر انسان چین سے میچ دیکھتا رہے تو اس سے بڑا بے وقوف اور کون ہو گا۔۔

اسٹیڈیم میں تو ہلہ گلہ ہونا چاہیئے۔۔ سو ہم تینوں اسی میں مشغول ہو گئے۔۔ برابر میں خواتینوں کا پویلین تھا ہم نے پہلے لڑکیوں کو تاڑنا اور پھر چھیڑنا شروع کر دیا۔

لڑکیوں کو چھیڑنا ہماری عمر کے لڑکوں میں اتنا معیوب نہیں سمجھا جاتا تھا۔ اور

اسوقت ہماری ہم عمر کی لڑکیاں بھی چھیڑ چھاڑ کا اتنا برا نہیں مناتی تھیں۔ نہ ہی ان لڑکیوں کو ہم سے یہ خوف ہوتا تھا کہ چھیڑ چھاڑ کے بعد ہم انہیں اغوا کرنے کی سوچیں گے۔ اس دور میں بس یہی ایک طریقہ تھا جنسِ مخالف سے رابطہ رکھنے کا۔ ہلکی پھلکی چھیڑ چھاڑ ہی اکثر محبت اور شادی کا سبب بن جاتی تھی۔ آج کل کی طرح نہ تو ڈیٹ ہوا کرتی تھی نہ ہی رستوراں وغیرہ میں ملنے کا رجحان ہوا کرتا تھا۔

ہم لڑکیوں کو بڑھ بڑھ کر کچھ کہہ رہے تھے اور وہ ہمیں جواب دے رہیں تھیں۔۔۔

لڑکیوں سے پھسلتے ہماری نگاہ چند باوردی پولیس والوں پر جا پڑی۔۔۔ ہم لوگوں کو بڑا تاؤ آیا۔۔۔

"دیکھو کیسے مزے سے سالے لڑکیوں کے درمیاں گھسے بیٹھے ہیں۔۔ کہنے کو ڈیوٹی دے رہے ہیں۔۔"

لڈن نے ٹکرا لگایا تو میں نے اس کی تائید کی۔۔ اب ہم تینوں بجائے لڑکیوں کہ پولیس والوں کو چھیڑنے لگے۔

انہوں نے ہمیں جوابًا ڈنڈے دکھائے۔۔۔ لیکن ان کی مجبوری یہ تھی۔۔ کہ کھچا کھچ بھرے اسٹیڈیم میں ہمارے اور خواتین کے پویلین کے درمیاں لوہے کی باڑ لگی تھی لہذا پولیس والے سیدھا تو ہمارے پاس آ نہیں سکتے تھے۔۔۔ اور جب وہ دوسری سمت میں جانے لگتے تو ہم سمجھ جاتے کہ وہ اب خواتین کے پویلین سے نکل کر ہماری جانب آئیں گے چنانچہ ہم بھی باہر کی طرف چل پڑتے ہمیں چلتا دیکھ کر پولیس والے رک جاتے کہ کہیں ہم ان سے پہلے ہی نہ نکل بھاگ کھڑے ہوں۔۔ ہمیں اندازہ نہ تھا کہ پولیس والے سچ مچ ہم پر اتنے برہم ہو چکے ہیں کہ وہ ہمارے بھاگ جانے پر معاملے کو رفع دفع کر دینے

کو کافی نہیں سمجھ رہے تھے بلکہ اب انکی کوشش یہ ہونے لگی تھی کہ ہم کسی نہ کسی طرح ان کے ہاتھوں آجائیں۔ جب کافی دیر یہ آنکھ مچولی ہوتی رہی تو پھر میں نے بھائی اور لڈن سے کہا کہ "چلو۔۔ یار اب چلتے ہیں۔ چھیڑ چھاڑ کچھ زیادہ ہی ہو گئی ہے۔ ایک تو ہم بلا ٹکٹ داخل ہوئے ہیں۔۔ ویسے بھی لڑکیوں سے چھیڑ چھاڑ میں اگر کوئی لڑکی گلے پڑ جائے تو بہت دن۔۔۔ مہینے یا شائید تمام عمر ہی سنور جاتی ہے۔ مگر یہ پولیس اگر گلے پڑ گئی تو عاقبت بھی بگڑ جائے گی"۔

بھائی تو فورَا تیار ہو گیا مگر لڈن نہ مانا۔

کہنے لگا "یار چلو کسی اور طرف چلتے ہیں کچھ اور تفریح کریں گے"۔

اس بات پر میں رضامند نہ تھا اور یوں میں اور بھائی تو گھر آ گئے۔ لڈن وہیں رہ گیا۔ ظفر اور دوسرے دوستوں کا ہمیں پتہ ہی نہ چلا وہ جانے کس طرف کو نکل گئے تھے۔

گھر میں دن کے ایک بجے دوپہر کے کھانے پر ابا ہمیشہ کی طرح منتظر ملے۔ یہ ہمارے گھر کی روایت تھی کہ اگر اسکول کالج یا دفتر کی مصروفیات حارج نہ ہوں تو تمام لوگ دن کے ایک بجے کھانے پر موجود ملتے۔ ہمارے ابا اپنے اصولوں کے سخت پابند آدمی تھے۔ انہیں ہم سب بھائیوں اور بہنوں کی مصروفیات علم رہتا تھا۔ یوں بھی کالج کی چھٹیاں تھیں۔

کھانا کھانے کے بعد ابا قیلولہ کے عادی تھے اور ہم سب کو حکم تھا کہ اپنے اپنے بستر پر یا کم از کم اپنے اپنے کمرے میں رہو۔ نیند نہ آئے تو کوئی کتاب پڑھو۔۔۔ نصابی کتاب کوئی بھی ہو پڑھنے کی ممانعت نہ تھی۔ البتہ غیر نصابی کتب ہمیں نہایت چھان پھٹک کر ہی پڑھنے کو دی جاتی تھیں۔ بہت عرصے تک تو ہمیں صرف بچوں کی دنیا، نونہال اور سنسر شدہ اخبار کے صفحات ہی پڑھنے کو ملتے تھے۔ لیکن اب ہم عمر کے اس حصے میں تھے کہ

اپنی پسند سے جاسوسی دنیا اور عمران سریز لے آتے تھے گو بظاہر ابا کو اس بات کا علم نہ تھا کہ ہم اب صرف بچوں کی دنیا، نونہال اور بچوں کی ہی ناول نہیں پڑھتے بلکہ جاسوسی کہانیاں اور اس جیسی دوسری خرافات سے بھی مستفیض ہو رہے ہیں۔

دوپہر ڈھلی تو ہم لوگ شام کے چار بجے پھر باہر نکل گئے۔ لڈن کا گھر ہمارے گھر سے دور نہ تھا۔ ہم سب اسی کے گھر جمع ہوتے تھے اور عموماً شام کا پروگرام طے ہوتا تھا کہ کیا کیا جائے۔ کبھی کرکٹ کھیلنے سڑک پر آجاتے تو کبھی سنیما دیکھنے چلے جاتے۔ کوئی پروگرام نہ بنتا تو بیٹھے گپیں ہی ہانکتے۔ آج بھی ارادہ کچھ یہی تھا کہ سارے دوست اپنی اپنی کتھا سنائیں گے کہ کس کے ساتھ کیا بیتی۔

جب ہم لڈن کے یہاں پہنچے تو خالہ نے الٹا ہم سے سوال کر ڈالا۔۔ "لڈن کہاں ہے؟" یہ سنکر کہ لڈن اب تک گھر نہیں آیا ہے۔۔۔ میری تو سٹی گم ہوگئی۔

"ہیں"۔۔۔ لڈن گھر نہیں آیا۔۔۔ میرے منھ سے نکلتے نکلتے رہ گیا۔ "خا۔۔ خالہ۔۔ وہ یقیناً ظفر کے گھر ہو گا۔۔۔ "میں نے بات کو بنانے کی کوشش کی۔۔ ہم لوگ تو پہلے چلے آئے تھے لڈن اور دوسرے لوگ اس وقت اسٹیڈیم میں ہی تھے۔"

اچھا! خالہ نے پریشانی سے کہا۔ "اب تک تو اسے گھر آجانا چاہیئے تھا۔۔۔ لڈن سارا دن اسٹیڈیم میں گذارنے کے بعد اب ظفر کے گھر میں کیا کر رہا ہے۔" خالہ بولتی رہیں۔

"میں۔۔ جاتا ہوں ظفر کے گھر۔۔۔ "میں نے باہر نکلتے ہوئے کہا۔ ظفر کا گھر بھی دو گلی کے بعد ہی تھا۔

ظفر گھر پر ہی تھا اور اسے بھی معلوم نہ تھا کہ لڈن کہاں ہے۔ ظفر نے بتایا کہ وہ ہم لوگوں سے بچھڑ کر اکیلے رہ جانے کی وجہ سے شرافت سے میچ دیکھتا رہا تھا۔ لڈن کی تلاش میں، میں ظفر کو لیکر امتیاز کے گھر کی طرف چلا۔ ہمیں امید تھی کہ لڈن وہاں ضرور ہو گا۔

کیونکہ امتیاز اور لڈن کی دوستی ہم سب کے مقابلے میں سب سے زیادہ تھی۔ ظفر کا بھی یہی قیاس تھا کہ ہمارے اسٹیڈیم سے چلے آنے کے بعد یقیناً لڈن نے امتیاز کو تلاش کر لیا ہو گا اور پھر دونوں نے خوب تفریح کی ہو گی اور اسی لئے اپنی شرارتوں سے محظوظ ہونے کے لئے لڈن امتیاز کے گھر چلا گیا ہو گا۔ اور وہیں کھانا وانا کھا کر وہ لوگ بھی اب ہماری طرف آرہے ہوں گے۔ کہ اپنی کارستانی سے ہم سبھوں پر رعب جما سکیں۔

جب میں اور ظفر، امتیاز کے گھر پہنچے تو پتہ چلا کہ امتیاز بھی اکیلا ہی گھر آیا تھا۔ اور وہ بھی ہم سب سے ملنے، ہماری طرف ہی آرہا تھا کہ بقیہ لوگوں کی خیر و خبر لے۔ اور کس نے کیا تیر مارا ہے یہ پتہ کیا جائے۔

امتیاز کو لیکر ہم لوگ اس کے گھر سے گلی کے نکڑ پر آگئے اور ایک گٹر کے ڈھکن کے قریب ہم تینوں بیٹھ گئے اور پھر میں، ظفر اور امتیاز اپنی اپنی روداد ایک دوسرے کو سنانے لگے۔

میں نے ان دونوں کو اسٹیڈیم میں ہونے والی تمام چھیڑ چھاڑ من و عن بتا دیا۔ ہم تینوں سوچ رہے تھے کہ لڈن کے غائب ہونے میں کہیں اس چھیڑ چھاڑ سے کوئی تعلق نہ ہو۔ میں تو بہت ہی گھبرا رہا تھا۔ چونکہ لڈن ہمارے ساتھ تھا اور چھیڑ چھاڑ کا میں اور میرا بھائی۔۔ فقط ہم دونوں ہی گواہ تھے۔

طے یہ ہوا کہ ہم سب واپس لڈن کے گھر چلتے ہیں۔ کیا پتہ اس دوران لڈن واپس آ ہی گیا ہو۔ اور اگر ایسا ہے تو۔۔ اس سے بہتر بات اور کیا ہو سکتی تھی۔۔۔ وگرنہ۔۔۔۔ وگرنہ ہمیں ساری بات لڈن کے ابا۔۔ یعنی خالو کو بتانی ہو گی۔ یہ کوئی آسان کام نہ تھا۔ بھلا میں لڈن کے ابا کو کیونکر بتا سکتا تھا کہ ہم لڑکیوں کو چھیڑتے رہے ہیں اور اسپر بھی بس نہیں۔۔ پولیس والوں کو بھی اپنی چھیڑ چھاڑ کا نشانہ بناتے رہے ہیں۔

منھ لٹکائے، آہستہ آہستہ ہم تینوں لڈن کے گھر واپس آئے۔ خالہ نے ہمیں دیکھتے ہی پھر سوال داغ دیا۔۔ "کہاں رہ گیا۔۔ یہ لڈن"۔

"خالہ! میں نے مری ہوئی آواز میں کہنا شروع کیا۔ "لڈن، میں اور میرا چھوٹا بھائی ہم تینوں اسٹیڈیم تک تو ساتھ رہے تھے۔ پھر میں نے لڈن کو بہت کہا کہ چلو گھر چلتے ہیں لیکن وہ نہیں مانا۔ مجھے گھر جلدی واپس آنا تھا چونکہ آج میرے ابا گھر پر تھے اور دوپہر کے کھانے پر موجود نہ ہونے کی کوئی وجہ وہ سننے کے لئے ہر گز تیار نہ ہوتے۔ چنانچہ میں اور میرا بھائی لڈن کو چھوڑ کر گھر لوٹ گئے تھے۔"

اب میں خالہ کو کیا بتاتا کہ چھیڑ چھاڑ کی وجہ مجھے تو ویسے ہی بھاگنے کی پڑی تھی کہ اب کچھ ہونے والا ہے بھاگ لو۔۔۔ البتہ یہ بات میں اسٹیڈیم میں لڈن کو اچھی طرح سمجھا نہیں سکا تھا۔

جب میری بات مکمل ہو گئی تو ظفر نے ٹکڑا لگایا۔ "اور بھی تو بتاؤ۔۔ وہاں کیا ہوا تھا۔۔" ظفر کی بات سنکر مجھے تو فوراََ پیشاب کی حاجت محسوس ہونے لگی اور میں باتھ روم کی طرف چلا گیا۔ ظفر نے یقیناً بقیہ حالات سے خالہ کو آگاہ کر دیا ہو گا۔ جب میں باتھ روم سے واپس آیا تو خالہ، خالو کے کمرے میں جا چکی تھیں۔ وہ خالو کو تمام رام کہانی سنا رہی تھیں۔ عام حالات میں مجھے اپنی امی سے بھی یہی شکوہ ہوا کرتا تھا کہ وہ تمام حالات سے ابو کو آگاہ کر دیتی تھیں اور پھر ابو پوری طرح سے ایکشن میں آجاتے۔ مگر آج ہمیشہ کے بر عکس مجھے ڈھارس ہو رہی تھی کہ خالو سب صورتحال جان کر یقیناً لڈن کو تلاش کر لیں گے۔ تھوڑی دیر بعد ہمیں خالو کی گرجدار آواز سنائی دی۔

"سہیل ادھر آؤ۔۔ امتیاز اور ظفر تم بھی۔۔۔"

خالو کی آواز کیا تھی گویا اسکول میں ہونے والی پریڈ کی کاشن، رائٹ ٹرن کی آواز پر

بندے سیکنڈوں میں سیدھے ہاتھ کو مڑ جاتے اور مارچ کی آواز پر چلنے لگتے۔ سو ہم تینوں چند سیکنڈ بعد خالو کے سامنے مسمی صورت بنائے تمام واقعات سے انہیں آگاہ کر رہے تھے۔ لڑکیوں کو چھیڑنے کا قصہ نکال کر میں نے پولیس والوں سے چھیڑ چھاڑ کو ذرا لمبا کر دیا تھا۔

"ہوں! تو تم لوگ پولیس والوں سے بھی نہیں گھبراتے"۔ خالو نے ٹھنڈی سانس لیتے ہوئے کہا۔

"تم لوگوں کی عمر میں لڑکیوں سے چھیڑ چھاڑ تو سمجھ میں آتی ہے لیکن یہ پولیس والے سے تم لوگوں کو کیا بغض تھا۔" وہ بولتے رہے۔

"اچھا!" خالو کچھ سوچ کر بولے اور کہیں جانے کے لئے اٹھ کھڑے ہوئے۔ جتنی دیر میں وہ کرتا پہنتے اور پائے جامے کی چنٹیں درست کرتے خالہ نے بڑبڑانا شروع کر دیا۔

"تم سب کے سب نہایت فسادی ہو۔ میں اسی لئے اس بات کے خلاف ہوں کہ تم سب اکھٹے کہیں جاؤ۔ اب خدا جانے کیا ہو گا۔۔۔ میرا بچہ نہ جانے کن مشکلوں میں گھرا ہو گا۔ اور تم سب خود صاف نکل آئے۔"

"خا۔۔ خالہ۔۔ وہ۔۔ وہ" میں ہکلایا۔ "دراصل میں نے تو لڈن سے۔۔ کہا۔۔ تھا" میں نے اپنی سفارش پیش کرنی چاہی۔

"چپ رہو!" خالہ نے مجھے ڈانٹا۔ "اچھے دوست ہو تم۔۔۔ مشکل پڑی تو بھاگ لیے"

"ارے بھئی۔۔۔" خالو نے میری طرفداری میں بولنا شروع کیا۔ "وہ بچارا کہہ تو رہا ہے کہ میں نے لڈن کو واپس چلنے کو کہا تھا۔ آخر کو اس کا بھائی بھی تو ساتھ واپس چلا آیا نا۔ اب لڈن صاحب ہیں ہی اتنے بیوقوف تو اس کا سہیل کیا کرے۔"

"چلو تم سب میرے ساتھ !" خالو نے ہم سب کو مخاطب کیا "ڈی ایس پی صاحب کے یہاں چلتے ہیں۔"

ڈی ایس پی صاحب بھی ہمارے محلے ہی میں رہتے تھے اور ہم سب ان سے اچھی طرح سے واقف تھے۔ ان کے اور لڈن کے گھر والوں میں کافی اچھی دوستی تھی۔

در حقیقت ہم لوگ بھی انہیں آصف چچا کہتے تھے۔ اور پولیس والوں سے چھیڑ چھاڑ کی ہمت بھی ہمیں ان ہی کی وجہ سے تھی۔ ہم سوچتے تھے کہ گڑبڑ ہوئی تو وہ ہمیں صاف بچا لیں گے۔ میری سمجھ میں یہ نہیں آ رہا تھا کہ اگر لڈن کو کسی پولیس والے سے کوئی مسئلہ پیش آ گیا تھا تو اس نے اپنی گلو خلاصی کے لئے آصف چچا کا حوالہ کیوں نہیں دیا۔۔۔ اور اگر اس نے ان کا حوالہ دیا تھا تو وہ کون سے لوگ تھے جو اس کے باوجود لڈن کو ساتھ لے گئے تھے۔۔۔ انہی شش و پنج میں راستہ کٹا اور ہم لوگ ڈی ایس پی کے گھر پہنچ گئے۔ ڈی ایس پی صاحب نے ساری کتھا سنی اور پھر فوراً ہی فون گھمانا شروع کر دیا۔ سب سے پہلے انہوں نے اپنے دفتر فون کیا اور لڈن کا حلیہ حبشہ بتایا اور بتایا کہ وہ اسٹیڈیم سے گھر نہیں آیا ہے۔

پھر انہوں نے قریبی تھانے فون گھمایا اور ڈیوٹی افسر کو ساری تفصیلات دی۔

ڈی ایس پی صاحب لڈن کو بہت چاہتے تھے۔ وہ مجھے اور لڈن کو اکثر کہتے۔۔ "آؤ تم دونوں بھی پولیس میں بھرتی ہو جاؤ۔۔ مزے کرو گے۔۔" مگر ہم لوگوں کے رجحانات کچھ اور تھے اس لئے ہم کبھی ان کی بات پر دھیان ہی نہ دیا تھا۔

"اچھا!" تھوڑی دیر بعد جب ڈی ایس پی صاحب ٹیلیفون وغیرہ سے فارغ ہوئے تو متفکر لہجے میں بولے۔ "جاؤ تم لوگ لڈن کی امی کے پاس جاؤ اور حسینہ چچی کو بھی لے جاؤ اور ان کو ڈھارس دو، مجھے معلوم ہے وہ بچاری تو بالکل ہی نڈھال ہو رہی ہوں گی۔"

اور پھر بولے۔ "میں جاتا ہوں۔۔ دفتر۔۔ دیکھتا ہوں کہ کیا کر سکتا ہوں"۔

ڈرائیور کو گاڑی نکالنے کا کہہ کر وہ گھر کے اندر چلے گئے۔۔۔ کپڑے بدلنے۔

پانچ منٹ بعد ہی ہم لوگ خالہ۔۔۔ لڈن کی امی کے پاس بیٹھے تھے اور ڈی ایس پی صاحب جیپ میں بیٹھ کر اپنے دفتر جا چکے تھے۔

خالہ کی حالت خراب ہو رہی تھی۔ تاہم انہیں ڈھارس تھی کہ ڈی ایس پی صاحب جلد ہی لڈن کا پتہ چلا لیں گے۔۔۔

لڈن کو غائب ہوئے دو دن گزر چکے تھے۔۔۔ اور اس کا کوئی پتہ نہ تھا۔

ڈی ایس پی صاحب نے دن رات ایک کر دیا تھا مگر نہ جانے لڈن کہاں تھا۔

خالہ کی حالت نہایت غیر ہو چکی تھی۔ انہیں بے ہوشی کے دورے پڑ رہے تھے۔ انہوں نے کھانا پینا بھی چھوڑ رکھا تھا۔ ایک ڈاکٹر آتا اور ان کی دیکھ بھال کرتا۔

وہ جب بھی ہوش میں آتیں۔۔ لڈن کا پوچھتیں اور پھر بے ہوش ہو جاتیں۔ سارے گھر میں کہرام مچا ہوا تھا۔

لڈن اپنے محلے میں بھی بہت ہر دل عزیز تھا۔ یہی وجہ تھی کہ محلے بھر کے لوگ آ۔۔ آ کر اس کی خیریت معلوم کر رہے تھے۔ محلے کی خواتینوں نے تو لڈن کے گھر ڈیرا ہی جما لیا تھا۔ اور گھر سامنے مرد حضرات پلنگ اور کرسیوں پر براجمان تھے۔ ہر کوئی اپنے خد شات اپنے اندازے کے مطابق سنا رہا تھا۔ کوئی پرانے واقعات سنا رہا تھا۔ جمع تو سارے لوگ ہمدردی دکھانے کے لئے ہوئے تھے، مگر باتیں سبھوں کی دہلا دینے والی تھیں۔ ایسے میں کیا خاک کسی کی دلجوئی ہوتی ان سب باتوں سے ہولناکیاں اور زیادہ بڑھ رہیں تھیں اور خوف کے سائے تیزی سے پھیل رہے تھے۔

لڈن کو غائب ہوئے کئی دن گزر گئے۔۔۔

ڈی ایس پی صاحب بھی اس کی پر سرار گمشدگی کی وجہ بتانے سے قاصر تھے۔ ان کہنا تھا کہ اگر لڈن شہر کے کسی بھی تھانے میں بند ہوتا تو اب تک اس کا پتہ چل جانا یقینی تھا۔۔ ایسا ہو نہیں سکتا تھا کہ کسی بھی برانچ کے کسی بھی تھانے میں لڈن کو بند رکھا جائے اور وہ اپنے ذرائع سے معلوم کرنے سے قاصر رہیں۔

وہ کہتے تھے کہ نہایت حساس قسم کے جرم میں ملوث افراد یا فوج کی تحویل میں لئے جانے والے افراد کو چھڑانا مشکل یا کبھی ناممکن ہو جاتا ہے لیکن پتہ ان کا چل جاتا کہ وہ کہاں اور کس کی تحویل میں ہیں۔ اسی طرح شہر کے کسی بھی اسپتال سے بھی لڈن کی بابت کوئی اطلاع نہ مل سکی۔

لڈن کو لگتا تھا جیسے آسمان کھا گیا ہو یا زمین نگل گئی ہو۔ڈی ایس پی صاحب اپنے طور پر دوسرے شہر سے بھی پتہ کروا رہے تھے مگر دوسرے شہر سے پتہ کروانا خاصا مشکل کام تھا۔

دن۔۔۔ ہفتوں میں۔۔ اور ہفتے مہینوں میں بدلتے گئے۔ لڈن کا کچھ پتہ نہ چلا۔۔۔

لڈن کی امی کی حالت پاگلوں کی سی ہو کر رہ گئی تھی۔۔۔ انہیں نفسیاتی علاج کے اسپتال، علاج کی غرض سے لے جایا گیا۔ لڈن کے ابا نہایت گم سم رہنے لگے۔۔

ایک دوست کے یوں۔۔ اچانک۔۔ غائب ہو جانے سے سب کچھ بدل گیا۔ ہمارے دوستوں، محلے کے ملنے ملانے والوں اور رشتہ دار جو پاس پڑوس میں رہتے تھے سبھوں نے آنا جانا اور ملنا جلنا کم کر دیا۔۔۔ سب۔۔ کچھ اس طرح بکھر گیا تھا جیسے کوئی مالا ٹوٹ گئی اور اس کے دانے ادھر ادھر بکھر گئے ہوں۔ ہماری دوستی کو نظر لگ گئی تھی۔ اب ہم تمام دوست ایک دوسرے سے کترانے لگے تھے۔ ہر کوئی دوسرے پر ایسے شک کرتا جیسے لڈن کے غائب ہونے میں اس کا کوئی ہاتھ ہو۔ یا شاید اسے کچھ زیادہ پتہ ہو مگر وہ دوسرے

کو شریکِ راز کرنے گھبراتا ہو۔

میں اسی محلے پیدا ہوا تھا۔۔۔ میرا بچپن اور لڑکپن یہیں گزار تھا۔۔۔ پاس پڑوس کے گھروں میں آنا جانا تھا۔۔۔ محلے میں خالہ، خالو، چچا چچی جیسے ان گنت رشتے دار تھے اور ان سارے رشتوں کی بڑی اہمیت تھی۔ سارے لڑکے لڑکیاں ایک دوسرے کو جانتے تھے۔ کئی لڑکے ایک دوسرے کے جگری یار تھے۔ لڑکیاں آپس میں سہیلیاں تھیں۔ نوجوانی میں قدم رکھتے لڑکے لڑکیاں ایک دوسروں کو اچھے بھی لگنے لگے تھے۔ کسی کا چپ چاپ کسی سے معاشقہ بھی چل رہا تھا غرضیکہ محلے میں ایک سکون تھا۔۔ ہم آہنگی تھی۔۔۔ جو لڈن کے غائب ہونے سے ایکدم ختم ہو گیا۔۔۔ اور یہ محلہ اب نہایت بدلا بدلا سا لگنے لگا۔ حالانکہ زندگی اپنے ڈھرے پر چل ہی رہی تھی۔۔۔ اور نہایت خاموشی سے روزمرہ کے معمولات پہلے جیسے چل رہے تھے۔۔ اور اس کے باوجود کچھ بھی پہلے جیسا نہ تھا۔

تقریباً سال بھر کی بھاگ دوڑ اور تلاشِ بسیار سے لوگ عاجز آ چکے تھے۔ لڈن کے والدین تو اس موضوع پر گفتگو ہی نہ کرتے تھے۔

میرا بہت قریبی دوست گم ہو چکا تھا۔ جسکا مجھے صدمہ تھا۔ سال بھر کے بعد، میں بھاگ دوڑ کر قبرص کی ایک یونیورسٹی میں داخلہ لینے میں کامیاب ہو گیا اور پھر میں قبرص چلا گیا۔

سال دو سال بعد جب بھی وطن واپس آتا تو معلوم ہوتا کہ لڈن اب بھی لاپتہ ہے۔ پھر میرے والدین اس علاقے سے دوسری جگہ منتقل ہو گئے۔ ان کی طرح اور بھی کئی لوگ وہاں سے ہٹ گئے۔ اور محلہ تیزی سے تتر بتر ہوتا چلا گیا۔

نائن الیون کے سانحہ کے بعد ہم لوگوں نے اپنے ملک بھی جانا بھی کم کر دیا۔ بچے

بڑے ہو گئے ذمہ داریاں بڑھ گئیں۔

تقریباً آٹھ سال بعد۔۔۔ نائن الیون گزرنے کے سات سال بعد جب میں وطن آیا تو پتہ چلا کہ لڈن آیا ہوا ہے۔

یہ سن کر میں تو حیرت کے سمندر میں غوطے کھانے لگا۔ بھلا اتنے سالوں بعد لڈن کہاں سے آگیا۔ لڈن اتنے سال کہاں رہا۔۔۔ لڈن اب کہاں رہ رہا ہے۔۔۔ یہ وہ سارے سوالات تھے جو لڈن کے نام کے ساتھ ہی میرے ذہن میں کلبلانے لگے۔

مجھے معلوم تھا کہ اس عرصے میں جبکہ لڈن غائب تھا۔۔۔ اس کے والدین دنیا سے سدھار چکے تھے۔۔۔ لڈن سے ملنا بھی آسان کام نہ تھا۔۔۔ کیونکہ کوئی بھی مجھے بغیر کوئی وجہ بتائے اس کے پاس لے چلنے کو تیار نہ تھا۔ اور میں پردیسی اب اس شہر میں اکیلا گھوم پھر نہیں سکتا تھا۔۔۔ اس شہر کا تو حلیہ ہی بدل چکا تھا۔

بڑی مشکلوں کے بعد لڈن سے ملنے کی صورت بنی۔۔۔ جب میں لڈن سے ملا تو حیران رہ گیا۔۔۔ بڑے بڑے بالوں اور لمبی لمبی داڑھی میں چھپا لڈن انسان سے زیادہ ریچھ لگ رہا تھا۔ وقت اور حالات نے ہم دونوں ہی کے حلیے کو یکسر بدل دیا تھا۔ لیکن لڈن کی ظاہری حالت بتا رہی تھی کہ اس نے وقت کی لائی تبدیلی کو اپنے اوپر کسی خلاف کی طرح چڑھا لیا تھا۔ اس نے کوئی کوشش نہ کی تھی کہ انسان بڑھتی عمر سے آنے والی تبدیلیوں کو لباس تراش خراش، داڑھی مونڈھنے، بالوں کو سنوارنے کی مدد سے اپنے مزاج کے موافق ڈھالے۔

لڈن سے مل کر میں اسے دیکھتا ہی رہ گیا۔ گر میں آگے بڑھ کر اس سے نہ ملتا تو شاید وہ مجھے پہچانتا بھی نہیں۔ یا پھر یہ تبدیلی بھی وقت نے اس پر طاری کر دی تھی کہ وہ کسی کو آگے بڑھ کر معانقہ بھی کرنا بھول گیا تھا۔

"یار لڈن۔۔۔" میں نے اسے دبوچتے ہوئے پوچھا۔ "تو نے کیا حالت بنا رکھی ؟ کہاں چلا گیا تھا یار تو۔۔"

"صبر صبر میرے یار!" لڈن نے پہلی بار لب کھولا۔

"بیٹھو! پھر ساری کہانی سن لینا۔ اور اپنی کہو"۔

میں بیٹھ گیا۔ میں نے لڈن کو اپنے بارے میں بتانے لگا۔ "تعلیم مکمل ہو گئی۔ شادی کر لی۔۔ بچے ہو گئے۔۔ بچے بڑے بھی ہو گئے۔۔ بس اب تو صبح سے شام تک نوکری کرنا ہی ہماری مشغولیت ہے۔"

"پر یار تو بتا۔ تو کہاں تھا۔۔" میں اپنی بے صبری نہ چھپا سکا اور اصل موضوع کی طرف آ گیا۔

میں جتنا بے صبر ہو رہا تھا لڈن اتنا ہی پر سکون نظر آ رہا تھا۔

"اچھا یہ بتاؤ! اس نے دھیرے سے پوچھا" کہاں سے سننا چاہتے ہو میری کہانی۔"

"لگتا ہے تم اپنی کہانی بہت دفعہ سنا چکے ہو۔ اسی لئے اتنے آرام سے بیٹھے ہو" میں نے کہا۔

"ہاں بھئی!۔۔ جن حالات سے گزرا ہوں اس کی کہانی بار بار دھرانے کے باوجود نہ کبھی کسی نے اسے غور سے سنا اور نہ کسی نے اس پر یقین کیا۔ اسی لئے اپنی کہانی سنانے سے ذرا کتراتا ہوں!" لڈن نے کہا۔

"اچھا! میں حیرانی سے بولا۔ "کس کس کو تم اپنی کہانی سنا چکے ہو۔ اور یقین۔۔ یقین کوئی کیوں نہیں کرتا"۔

"اس بات کو چھوڑو۔۔۔ اچھا تو سنو"۔۔ لڈن نے کہا اور پھر اپنی کہانی وہیں سے سنانا شروع کی جہاں سے وہ ہم سے بچھڑ گیا تھا۔

"اسٹیڈیم سے تمہارے جانے کے بعد بھی میں چھیڑ چھاڑ میں لگا رہا۔ البتہ پولیس والوں کو چھوڑ کر میں ایک لڑکی کے پیچھے پڑ گیا۔ لیکن وہ لڑکی بھی خوب تھی اس نے میری خوب حوصلہ افزائی کی اور بلآخر مجھے اسٹیڈیم سے باہر آنے پر تیار کر لیا۔

گیٹ پر جب وہ مجھے ملی تو میں نے دیکھا کہ وہ دور سے مجھے جتنی خوبصورت نظر آ رہی تھی اس سے کہیں زیادہ حسین تھی۔

مجھ سے کہنے لگی۔ " چلو میں تمہیں اپنے گھر لے چلتی ہوں "۔ گھر جانے کا سنکر میرے حواس گم ہو گئے۔ میں سمجھ گیا کہ اب وہ مجھے اپنے بھائیوں سے پٹوائے گی۔

میں نے اس سے کہا کہ " چلو قریبی رستوراں میں کھانا کھانے چلتے ہیں۔"

وہ یوں تیار ہو گئی کہ جیسے کوئی بات ہی نہ ہو۔ کھانا وانا کھانے کے بعد ہم دونوں یوں گھل مل گئے جیسے ہم ایک دوسرے کو برسوں سے جانتے ہوں۔ کھانے کے بعد اس نے اصرار کیا کہ میں اس کے گھر چلوں۔ اب میرے دل سے اس کے بھائیوں کا خوف بھی نکل چکا تھا۔ دراصل اس کے بھائی تھے ہی نہیں۔ اور اس نے بتایا کہ وہ صرف اپنے ابا کے ساتھ رہتی تھی۔ اور اس کے بقول اس کے ابا اس کی ایسی کسی ملاقات کو ناپسند کرنے کی بجائے اس کی حوصلہ افزائی کریں گے اور پھر اس نے یہ کہہ کر مجھے قائل کر لیا کہ وہ اپنی ہر بات اپنے والد کو علم میں لا کر ہی کرتی ہے۔ اور یہ کہ وہ مجھے اپنے ابا سے ملوانا چاہتی ہے۔

لیکن جب میں اس کے گھر پہنچا تو پریشان ہو گیا۔ اس کے ابا کیا تھے، محلے کی مسجد کے مولوی صاحب، لمبی زلفیں، لمبی داڑھی، ٹخنے سے اونچا پائیجامہ پہنے، کاندھے پر رومال۔ ایسے مذہبی نظر آنے والے انسان کی اتنی ماڈرن بیٹی میں نے دل سوچا۔۔ اور سمجھ گیا کہ اب بالکل ہی خیریت نہیں۔۔۔

اس کے ابا میری توقع کے خلاف مجھ سے نہایت اچھی طرح سے پیش آئے۔ وہ مجھ سے باتیں کرنے لگے اور۔۔۔ نوشین۔۔۔ ہاں یہی نام تھا اس کا۔۔۔ نوشین اندر چلی گئی چائے بنانے۔

اور پھر۔۔۔ اس کے مولوی صاحب نما ابا نے مجھ پر حیرت کے پہاڑ توڑ دیئے۔۔۔

"بیٹا! تم دونوں جوان ہو اور یوں بے تکلفی سے دو نوجوانوں کا ملاپ ہمارے مذہب کی تعلیم کے بر خلاف ہے۔ تاہم اگر تم نوشین سے نکاح کر لو تو ساری باتیں جائز ہیں۔" نوشین کے ابا بولے۔

"مم۔۔ مگر" میں ہکلایا۔ "میں اپنے والدین کو آپ سے ملواتا ہوں پھر جیسا آپ لوگ طے کریں۔"

در حقیقت میں نوشین کی زلفوں کا اسیر ہو چکا تھا۔ ان چند گھنٹوں میں ہم بہت قریب آ چکے تھے۔ نوشین نہایت بے باک لڑکی تھی۔ اور اس کی اداؤں نے مجھے بالکل ہی موم کر دیا تھا۔

لیکن وہیں بیٹھے بیٹھے نکاح کر لینا۔۔۔ ایسا میں نے خواب میں بھی نہیں سوچا تھا۔

"تمہاری مرضی"۔۔۔ نوشین کے ابا بولے۔

"ملنا جلنا تم لوگ تب ہی کر سکتے ہو جب تم دونوں کا نکاح ہو جائے۔

"اور۔۔ اور میں نے لڈن کی بات کاٹی۔۔۔ وہ جو یوں اسٹیڈیم میں پھر رہی تھی اور تمہیں پھنسا کر لے آئی تھی۔۔ وہ سب جائز تھا کیا؟

"ارے یار۔۔۔ " لڈن نے میری مداخلت پر انتہائی ناپسندیدگی کا اظہار کرتے ہوئے کہا۔

"جو ہونی تھی سو ہوئی۔۔۔ اور پھر لڈن نے کہانی آگے بڑھائی۔

"خیر میں تو دوسرے دن کا کہہ کر چلا آتا۔ مگر پھر نوشین چائے لیکر آگئی۔ اسی دوران ٹیلی فون بجنے لگا اور اس کے ابا اٹھ کر دوسرے کمرے میں ٹیلی فون سننے چلے گئے۔ اور نوشین تو لگتا تھا کہ مجھ میں گھسی چلی آرہی ہو۔ کچھ دیر بعد اس کے ابا جب کمرے میں واپس آئے تو اس وقت میرے اوسان خطا ہو رہے تھے۔ یا نوشین کا نشہ تھا یا اس کی چائے کا اس بات کا مجھے آج تک پتہ چل نہ سکا۔ مجھے صرف اتنا یاد ہے کہ نوشین کے ابا نے ہم دونوں کا نکاح اسی وقت پڑھا دیا۔ پڑوس سے دو افراد گواہ کے طور پر بھی آگئے اور یوں میں سبھوں کو بھلا کر اپنی نئی نویلی دلہن کے ساتھ سہاگ رات منانے میں لگ گیا۔

یقین کرو میرے دوست یہ نشہ ایک دو دن کا نہیں تھا۔۔ شاید میں ایک ہفتے اسی گھر میں مقیم رہا۔ مجھے تو کچھ پتہ نہ تھا کہ وہاں کیا ہو رہا ہے۔ نوشین برابر میرے آرام کا خیال رکھ رہی تھی۔ اور ہم نو بیاہتا جوڑے کی مانند وقت سے لطف اندوز ہو رہے تھے۔ پھر ایک دن شام کو نوشین جانے کہاں سے دو ہوائی ٹکٹ لے آئی اور کہنے لگی۔ "ہم لوگ ہنی مون منانے سوات جارہے ہیں۔"

میں حیران تو ہوا مگر میرے اندر سوال و جواب کی ہمت نہیں رہی تھی۔ میں ہر وقت تھکا تھکا محسوس کرتا۔ دن بھر سوتا رہتا۔ بھوک لگتی تو اٹھتا، کھاتا پیتا اور جتنی دیر جاگتا رہتا نوشین پورے انہماک سے میری دلجوئی کرتی۔ ایسی ایسی اٹکھیلیاں کرتی کہ ہم پھر سے ایک دوسرے میں مدغم ہو جاتے اور تھک تھکا کر سو جاتے۔ میں تو سوتا ہی رہتا مگر وہ نہا دھو کر تیار ہو کر کمرے سے باہر چلی جاتی۔ مجھے کبھی معلوم بھی نہ ہوتا کہ وہ کیا کر رہی ہے یا کہاں جارہی ہے۔ کبھی وہ بتاتی کہ وہ کھانا پکا رہی تھی۔۔۔ کبھی وہ خریداری کے لئے گئی ہوئی ہوتی۔۔۔ نہ کمرے میں کوئی آتا نہ مجھے کمرے سے باہر جانے کی ضرورت ہوتی۔ مجھے یہ بھی معلوم نہ تھا کہ گھر میں میرے اور نوشین کے علاوہ کوئی اور بھی موجود

تھا یا نہیں۔

ایک ہفتے بعد ہم لوگ سوات چلے گئے۔

سوات میں ہم لوگ ایک سرائے میں ٹھہرے۔۔۔ بعد میں پتہ چلا کہ یہ سرائے نہیں ہے بلکہ یہاں ایک فیملی بھی رہتی ہے۔

ہنی مون تو جو ہونا تھا۔۔ وہ کراچی میں ہو چکا تھا۔ یہاں آکر تو میں نوشین کے ابا جیسے بہت سارے مردوں میں گھر کر رہ گیا تھا۔ نوشین تو مجھے کم کم ہی نظر آتی۔ گھر سے ملحقہ مسجد تھی۔ مجھے بھی پانچ وقت کی نماز پڑھنی پڑتی۔ داڑھی مونڈنے سے مجھے روک دیا گیا۔ اور یوں میں بھی باریش ہو تا گیا۔ ہفتہ دس دن بعد مجھے مدرسے میں دوسرے مردوں کے ساتھ دینی تعلیم دی جانے لگی۔ نوشین مجھ سے بالکل بچھڑ چکی تھی۔ اور۔۔ شاید۔۔۔ نہیں بلکہ یقیناً وہ مجھے اس کیمپ تک پہنچا کر اپنی ذمہ داری پوری کر چکی تھی۔۔۔ یہ عقدہ بھی مجھ پر اس عقدِ جبر کے بہت عرصے بعد کھلا۔

اس کے بعد میری عسکری تربیت شروع ہو گئی۔

مجھ پر چڑھا نشہ اتر چکا تھا۔۔ اور میری آنکھیں کھل چکی تھیں۔۔۔ میرے ساتھ ایک زبردست دھوکہ ہوا تھا۔۔ مجھے اس کا پتہ جب چلا جب میں مکمل طور پر پھنس چکا تھا۔

کیمپ کی تربیت کے چند مہینوں بعد مجھے کابل اور پھر قندھار پہنچا دیا گیا۔ اور پھر میں ان بہت سارے رضاکار اور جبری جہادیوں کے گروہ میں شامل، جہاد میں مصروف ہو گیا۔

ایک مقام سے دوسرے مقام جانا۔۔۔ دن کو چھپنا۔۔۔ رات کو مورچے پر جانا۔۔۔ بھاگم دوڑ۔۔۔ پہاڑ کی کھوہ میں رہنا۔۔۔ سب کچھ میرا معمول بن چکا تھا۔۔ اور پھر اچانک

ایک دن ہمارا گروہ نارتھ الائینز کے ہاتھوں شکست کھا کر قید کر لیا گیا۔ چند ہفتوں بعد ہمیں سفید فوجیوں نے اس کمرے نما جیل سے نکالا۔۔۔ اور پھر ہمیں پتہ چلا کہ ہم امریکیوں کے قید میں ہیں۔۔۔۔

ہوتے ہوتے ہم سب ایک نامعلوم مقام پہنچا دیئے گئے۔۔

سات سال تک مجھے معلوم نہ تھا کہ میں کہاں ہوں۔۔۔۔ میرے اور میرے جیسے دوسرے قیدیوں کے لئے صرف دن اور رات کا فرق باقی تھا۔ ورنہ دنیا اور دنیا کے حالات، دنیا کی خبریں سب کچھ ہمارے لئے نامانوس تھیں۔۔۔۔ مجھے نہیں معلوم تھا کہ میں دنیا کے کس حصے میں مقید ہوں۔۔۔ مجھے نہیں معلوم تھا کہ دنیا باقی بھی ہے یا قیامت آچکی ہے۔ میرے لئے تو کم از کم قیامت آچکی تھی۔

عقوبت خانے کے روز و شب۔۔۔ اذیت گاہوں کے حالات اور قید و بند میں ظلم و ستم اور ان کی تفصیلات تم نے ضرور اخباروں میں پڑھا ہو گا۔

آزادی پا کر، واپس آنے کے بعد میں نے انٹرنیٹ پر پرانے اخبارات دیکھے ہیں۔ اور آہستہ آہستہ لاعلمی کے بادل چھٹ رہے ہیں۔ اور میں اپنے ان گمشدہ دنوں کو پھر سے ذہن میں اتار رہا ہوں۔ میرے خالی ذہن میں آہستہ آہستہ تصویر اور ان تصویروں میں رنگ بھرنے شروع ہو گئے ہیں۔۔۔۔

اب گوانتاناموں کا نام۔۔۔ میرے لئے عفریت کی طرح میرے اعصاب پر طاری ہے۔ گوانتاناموں کے خار دار تاروں کی باڑ کے پیچھے سے نکال کر مجھے پشاور پہنچا دیا گیا۔۔۔ پشاور میں پاکستانی فوجیوں نے مجھ سے از سرِ نو پوچھ کچھ کی۔۔۔ تمام واقعات ریکارڈ کیا۔۔ میرے بتائے ہوئے تمام پتے۔۔ اسکول کالج ہر چیز کی تحقیق کرنے کے بعد مجھے رہا کر دیا گیا۔۔۔ میں اپنے شہر واپس آگیا۔۔۔

اپنے محلے میں جہاں ہم لوگ رہتے تھے وہاں اب سوات میں واقع مدرسے جیسے کئی مدارس کھل گئے ہیں۔ وہ محلہ ہی اجڑ گیا ہے جسے میں چھوڑ کر گیا تھا۔ جیسے کسی انقلاب کے بعد نئے لوگ آ کر بس گئے ہوں۔۔ اماں اور ابا مجھے چھوڑ کر ملکِ عدم جا چکے ہیں۔۔۔ کئی ایک رشتہ داروں نے مجھ سے منہ موڑ لیا ہے۔۔۔ انکا خیال ہے کہ خفیہ ادارے میری اب بھی نگرانی کر رہے ہیں۔۔۔ اور میرے ذریعہ ان گرہوں کو پکڑنا چاہتے ہیں جنہوں نے مجھے جہاد پر بھیجا تھا اور مجھ جیسے نوجوانوں کو آج بھی جہاد پر بھیج رہے ہیں۔

۔۔۔ "ارے ہاں۔۔ " لڈن پھر چونک کر بولا۔ " تمہیں بھی مجھ سے نہ ملنا چاہیئے۔۔۔ کیوں کہ اس طرح تم بھی کسی مصیبت میں پڑ سکتے ہو۔۔۔"

"آخ۔۔۔ فضول۔۔۔ ایسا کچھ نہ ہو گا۔۔"

"ہاں تمہاری بات اور ہے۔۔ میں مذاقاً لڈن کو چھیڑا۔۔۔ ایسا کسی زلف کے اسیر ہوئے کہ فرہاد کی طرح دودھ کی نہر نکالنے کھڑے ہو گئے۔۔"

"ہشت۔۔۔ "لڈن زچ ہو کر بولا

"زلف تو سوات پہنچتے ہی کٹ گئی تھی۔۔۔"

"زلف کٹ نہیں گئی بلکہ۔۔۔ سوات پہنچتے ہی اگ آئی تھی کہو۔۔ "میں نے ایک بار پھر لڈن پر طنز کیا۔۔۔

اور وہ مجھے مارنے کو دوڑا۔۔۔۔

(۸) ٹھوکا

جاوید اختر چوہدری

محفل تھی ایک مشاعرے کی جس میں چند ادیب اور شعرا کے علاوہ برمنگھم کے چند دانش ور بھی موجود تھے۔ ارشد عزیز اور قمر چودھری کے ساتھ میری منڈلی الگ تھی۔

ارشد نیو کاسل کے رہنے والے تھے۔ وہ بتا رہے تھے کہ نیو کاسل برطانیہ کے شمال میں واقع ایک بندرگاہ ہے۔ برِ صغیر ہندوپاک کے تجارتی بحری جہاز رکتے، سامان اتارتے اور لادتے۔ اسی دوران کچھ ملاح جہاز سے غائب ہو جاتے۔ یہی وجہ ہے کہ اس شہر میں اکثریت پاکستانی اور کشمیری تارکینِ وطن کی ہے۔ اپنے وطن کی یاد تازہ رکھنے کے لئے نیو کاسل میں ہر سال کبڈی اور بینی (کلائی پکڑنے) کے مقابلے ہوتے تھے۔ اب پچھلے چند برسوں سے "فروغِ اردو ادب" نیو کاسل نے مقامی کونسل کے تعاون سے مشاعرے منعقد کرانے شروع کر دئے ہیں۔

ارشد کی بات ابھی پوری نہیں ہوئی تھی کہ قمر نے ٹوکا۔

"یار آپ نیو کاسل کے محنت کشوں کی کہانی ختم کریں تو میں آپ کو میرے شہر جہلم کے ایک بڑھئی کا قصہ سناؤں۔

جہلم کا نام آیا تو میں ہمہ تن گوش ہو گیا۔ ارشد بھی متوجہ ہو گئے۔

قمر کہنے لگے کہ امام بخش جہلم شہر میں ایک بڑھئی تھا۔ وہ ایمان دار صاف گو اور رزقِ حلال کمانے کے لئے مشہور تھا۔ شہر کے لوگ اس کی اس خصوصیت کی وجہ سے

اسے بہت پسند کرتے تھے۔ لیکن لکڑی منڈی کے سوداگر اس سے تنگ تھے۔ وجہ یہ تھی کہ منگلا ڈیم بننے سے پہلے پاکستان کی سب سے بڑی لکڑی کی منڈی جہلم شہر تھا۔ ہزاروں لوگوں کا روزگار اس منڈی سے وابستہ تھا۔ جہلم شہر اور آس پاس کے لوگ جب مکان بنانے کا ارادہ کرتے تو وہ لکڑی کی خریداری کے لئے عموماً امام بخش کے پاس جاتے کہ وہ گیلی یا گیلیاں پسند کرے تاکہ اس لکڑی سے شہتیر، بالے، پھٹیاں کھڑکیاں اور دروازے بنوا سکیں۔ امام بخش تیسہ اٹھاتا اور چل دیتا۔ وہ اپنے تیسے سے گیلی کو ٹھوک بجا کر بتاتا کہ گیلی اندر سے کرم خوردہ اور کھوکھلی ہے یا نہیں۔ جب گیلی فروش کے پاس دوسرے گاہک ہوتے تو وہ امام بخش کو حیلے بہانے سے گیلیاں دیکھنے سے روک دیتا کیونکہ اگر کسی گاہک نے امام بخش کو ناقص گیلی کی نشان دہی کرتے دیکھ لیا یا سن لیا تو وہ گیلی اس وقت فروخت نہ ہو سکے گی۔ امام بخش بھی اس حقیقت سے آگاہ تھا۔ وہ جب دیکھتا کہ دوسرے لوگ گیلیاں دیکھ رہے ہیں تو وہ ایک طرف بیٹھ جاتا اور گاہکوں کے چلے جانے کے بعد ٹھوک بجا کر گیلی دیکھتا اور مشورہ دیتا۔

امام بخش اکثر کہا کرتا تھا کہ بڑھئی اگر نیک نیت ہو تو کبھی بھوکا نہیں مرتا۔ بڑھئی کے پاس ایک تیسہ، آری، رندہ اور ایک دوفٹا ہو تو دنیا کے کسی بھی کونے میں وہ اپنا اور اپنے بچوں کا پیٹ پال سکتا ہے۔ کیونکہ انسان آئے دن نت نئی بستیاں تعمیر کرتے رہتے ہیں۔ یہ فطرت کا قاعدہ ہے کہ ہر تخریب کے پہلو میں بھی تعمیر کا ایک راز چھپا ہوتا ہے۔

امام بخش گرمیوں میں مکانوں کی تعمیر میں استعمال ہونے والا سامان از قسم شہتیر، بالے، پھٹیاں، دروازے، کھڑکیاں اور الماریاں بناتے اور سردیوں میں فرنیچر بنا کر اپنے بال بچوں کا پیٹ پالتا۔ اس کے ہاں دو بیٹے اور ایک بیٹی پیدا ہوئی۔ اس کی خواہش تھی کہ وہ اپنے بچوں کو اعلیٰ تعلیم دلائے۔ میاں بیوی اپنا پیٹ کاٹ کر بچوں کی پرورش کر رہے

تھے۔ بڑے بیٹے کریم بخش نے میٹرک کے بعد پڑھنا ترک کر دیا اور فرنیچر بنانے کا کام سیکھنے لگا۔ جب امام بخش کی بیٹی نے ایف اے کا امتحان پاس کیا تو شہر میں اس کی دھوم مچ گئی کیونکہ اس نے 'گجرات بورڈ' میں اول پوزیشن حاصل کی تھی۔ سب سے چھوٹا بیٹا رحیم بخش شرارتی تھا۔ لیکن وہ بھی پڑھائی میں خاصی محنت کرتا تھا۔

ایک دن جب امام بخش لکڑی منڈی میں ایک گیلی کو ٹھوک بجا کر دیکھ رہا تھا کہ اس کی پشت کی طرف سے ایک گیلی لڑھکی اور اس کی پیٹھ سے زور سے ٹکرائی۔ امام بخش طبی امداد ملنے سے پہلے روز روز کی محنت مزدوری سے ہمیشہ ہمیشہ کے لئے فارغ ہو چکا تھا۔ امام بخش کی موت سے گھر میں کہرام مچ گیا۔ اس کے بعد اس کے بڑے بیٹے کریم بخش نے گھر کا سارا کام کاج سنبھال لیا۔ وہ اپنے والد کی خواہش کو پورا کرنے کی خاطر رحیم بخش کو پڑھائی کے لئے تمام سہولتیں مہیا کرنے کا عزم کئے ہوئے تھا۔

رحیم بخش نے جب کالج میں داخلہ لیا تو چند شوخ اور بگڑے ہوئے لڑکوں کی طرح اس نے بھی کالج میں پر پرزے نکالنے شروع کر دیے۔ رحیم بخش کے ایک ساتھی نے کالج میں ایک لڑکی سے بد تمیزی کی۔ بات بڑھی اور پرنسپل تک جا پہنچی۔ پرنسپل نے لڑکوں کو دفتر میں بلایا اور تنبیہ کرنے کے بعد کہا کہ فضول کاموں اور شرارتوں کی بجائے اپنی تمام تر توجہ تعلیم کے حصول پر رکھو ورنہ ترقی کی دوڑ میں پیچھے رہ جاؤ گے۔ پرنسپل نے ایک لڑکے سے خصوصاً کہا۔

"میں تمہارے باپ کو جانتا ہوں۔ تم ایک نیک شخص کے بیٹے ہو۔ تمہاری شرارتوں کا اسے علم ہوا تو اسے بہت دکھ ہو گا۔ لہٰذا آئندہ تمہاری کوئی شکایت مجھے نہیں ملنی چاہیے۔"

رحیم بخش کی آنکھوں میں شرارت ناچنے لگی تھی۔ اس نے آگے بڑھ کر پرنسپل

صاحب سے کہا۔

"سر۔ آپ میرے والد صاحب کو بھی جانتے ہوں گے۔"

پرنسپل صاحب نے غور سے رحیم بخش کو دیکھا۔ ایک لمحے کے لئے سوچا کہ لڑکا شاید اپنے باپ کے عہدے یا اثرورسوخ سے متاثر کرنا چاہتا ہے۔ انہوں نے پوچھا۔ "تم کس کے بیٹے ہو؟ اور وہ کیا کام کرتے ہیں؟" رحیم بخش نے پر اعتماد لہجے میں کہا۔

"سر۔ میں امام بخش بڑھئی کا بیٹا ہوں۔" یہ سنتے ہی دوسرے لڑکوں کے ہونٹوں پر مسکراہٹ پھیل گئی تھی۔ پرنسپل صاحب نے ایک بھرپور نگاہ اس پر ڈالی۔ ان کے چہرے نرمی اور پیار کے آثار پیدا ہوئے۔ وہ کرسی سے اٹھے اور رحیم بخش کے قریب پہنچ کر شفقت سے اس کے سر ہاتھ پھیرتے ہوئے دھیمی آواز میں کہا۔

"امام بخش شریف آدمی تھے۔ مجھے امام بخش کے بیٹے سے ایسی توقع نہیں تھی۔" رحیم بخش نے سر جھکا دیا اور کہا۔ "ساری سر۔ آئندہ آپ کو شکایت کا موقع نہیں ملے گا۔
"

پرنسپل نے دوسرے تمام لڑکوں کو دفتر سے چلے جانے کو کہا۔ پھر رحیم بخش سے مخاطب ہوئے۔

"تمہارے والد نے تمہیں اعلیٰ تعلیم دلانے اور تمہارے بڑا آدمی بننے کے خواب دیکھے تھے۔ مجھے اپنے مکان کی تعمیر کے دوران تمہارے والد سے باتیں کرنے کا موقع اکثر ملا تھا۔ وہ بھلے آدمی تھے۔ میں تمہاری ہر ممکن مدد کرنے کو تیار ہوں۔ تم بھی وعدہ کرو کہ آئندہ غیر ضروری شرارتیں نہیں کروگے اور پوری توجہ اور محنت سے پڑھائی جاری رکھوگے۔"

ابھی قمر کی گفتگو جاری تھی کہ دو گھنٹے کی تاخیر کے بعد مشاعرے کا باقاعدہ آغاز ہوا

اور بات درمیان میں ہی رہ گئی۔ میں بھی اس بات کو بھول بھال گیا۔

کسی دانشور نے کہا ہے کہ جس قوم میں شعرا کی کثرت ہو جائے تو یہ اس کے زوال کی نشانی ہے۔ اردو ادب میں بھی ایسی ہی صورتِ حال ہے۔ برطانیہ میں اردو کے شعرا کی تعداد میں آئے دن اضافہ ہو رہا ہے۔ نتیجہ یہ ہے کہ بعض محفلِ مشاعرہ میں اب سامعین سے زیادہ شاعر ہوتے ہیں۔ ان شعرا میں واضح اکثریت ان کی ہوتی ہے جو کسی دوسرے شاعر کے شعر سننے نہیں آتے بلکہ انہیں صرف اپنے شعر سنانے میں ہی لطف آتا ہے۔

مجھے بھی شعر گوئی کا مرض کالج کے زمانے میں لگا تھا۔ اس لئے کبھی کبھار خود شعر کہتا تھا۔ میں نے بھی دوسرے لوگوں کی دیکھا دیکھی اپنی اشاعتِ خود نمائی (vanity publication) کا اہتمام کیا اور ایک شعری مجموعہ منظرِ عام پر لے آیا۔ جس کتاب کا شاعر مشاعروں میں شریک ہو مگر اور اپنا کلام پڑھتے شرماتا ہو اور جس کتاب کا کوئی مشہور پبلشر نہ ہو۔ اس کتاب سے لطف لینے والی مخلوق دیمک ہی ہوتی ہے۔ یہی حال میرا تھا۔ میرے چند رشتہ دار اور دوست اس لئے خوش تھے کہ کوئی تو اپنا بھی ادب کی دنیا میں داخل ہوا ہے۔ لیکن کچھ لوگوں میں حسد کا جذبہ بھی موجزن تھا اور بلاشبہ وہ خوش نہیں تھے۔ لیکن میری ایک خالہ زاد بہن بھی تھی جو میری کتاب کی اشاعت سے بہت خوش تھی اور اس نے اپنے ملنے والوں کو میری کتابیں بطور تحفہ دی تھیں۔

جب میں پچھلے برس پاکستان گیا تو اپنی خالہ زاد کے ہاں بھی گیا۔ دورانِ گفتگو میرے شعری مجموعے کا ذکر بھی آیا تو اس نے بتایا کہ اس کے گھر ان دنوں ایک بڑھئی وارڈ روب (ملبوسات کی الماری) بنا رہا ہے۔ اس بڑھئی نے میرا شعری مجموعہ دیکھا تو مستعار لے لیا۔ دوسرے دن اس نے اپنی اس رائے کے ساتھ کتاب واپس کی کہ مجموعی طور پر شعری مجموعہ اچھا ہے۔ خصوصاً نظمیں تو بہت اچھی ہیں۔ لیکن کسی استاد شاعر سے اصلاح

لی ہوتی، مشورہ کر لیا ہوتا یا کتاب کی اشاعت سے قبل پروف پڑھ لئے ہوتے تو اس کے حسن میں اضافہ ہو جاتا۔ میری خالہ زاد کی خواہش تھی کہ میں اس بڑھی سے بات کروں۔ مگر یہ گفتگو سن کر میرا مزاج کچھ برہم سا ہو گیا تھا کہ ایک بڑھئی نے میرے کلام میں خامیاں تلاش کیں۔ کوئی نقاد یا پڑھا لکھا رائے دیتا تو مجھے خوشی ہوتی۔ لیکن میں چپ رہا اور سوچنے لگا کہ کیا میرا کلام اس قدر بودا ہے کہ ایک بڑھئی نقص نکالے۔۔۔!

دوپہر کو بڑھئی صاحب اپنے دو شاگردوں کے ساتھ تشریف لائے اور کام شروع کر دیا۔ میری خالہ زاد نے تیس بتیس برس کے ایک دبلے پتلے ہنس مکھ جوان کی طرف اشارہ کیا۔

"یہ ہیں وہ صاحب جنہوں نے آپ کی شاعری پر تبصرہ کیا تھا۔"

میں اٹھ کر اس سے ملا۔ رسمی علیک سلیک کے بعد میں نے اسے آڑے ہاتھوں لینے کا سوچتے ہوئے کہا "سنا ہے آپ نے میری کتاب میں کچھ غلطیوں کی نشان دہی کی تھی۔"

اس نے کہا "نہیں صاحب میں کہاں کا نقاد ہوں۔ البتہ کتاب کے مطالعہ کے دوران چند غزلوں میں قافیے کی گڑبڑ نظر آئی تھی اور چند غزلوں کے اشعار میں مصرع اول اور مصرع ثانی کی بحروں میں بھی فرق نظر آیا تھا۔ بہت ممکن ہے مجھے ہی مغالطہ ہوا ہو۔"

چونکہ علمِ عروض میں میرا مطالعہ واجبی سا تھا۔ چنانچہ بڑھئی کی باتیں سن کر مجھے پسینہ آگیا اور میں نے اسی میں عافیت جانی کہ بات کو سمیٹ لوں۔ میں نے اپنے دفاع میں کہا۔

"میں نے کتاب چھپنے کے لئے مسودہ پاکستان روانہ کیا تھا۔ کمپیوٹر کمپوزنگ کے بعد پروف پڑھنے کے لئے نہیں ملے بلکہ کتاب شائع ہونے کے بعد ملی تو میں سر پیٹ کر رہ گیا تھا۔" میں نے بات جاری رکھتے ہوتے کہا "مجھے واقعی یہ جان کر خوشی ہوئی کہ آپ کو علمِ عروض سے بھی آگہی ہے۔ یقیناً آپ خود بھی شعر کہتے ہوں گے۔"

یہ سن کر اس کی آنکھوں میں چمک پیدا ہوئی۔ اس نے مدھم لہجے میں کہا" میں خود شعر نہیں کہتا۔ جی تو بہت چاہا مگر وقت نے مہلت نہ دی۔ کسی حد تک سخن فہم ہوں اور اچھی شاعری سے لطف اندوز ہوتا ہوں۔ بی اے تک اردو ادب سے دلچسپی رہی اس کے بعد انگریزی ادب نے اپنی طرف کھینچ لیا۔"

میں سنبھل کر بیٹھ گیا اور پوچھا" آپ گریجویٹ ہیں۔ انگریزی ادب کا مطالعہ بھی کرتے ہیں۔ اور کام۔۔۔۔۔۔۔" مجھے حیرت تھی کہ وہ بڑھئی تھا۔

اس جوان کے چہرے پر ایک خوشگوار مسکراہٹ پھیل گئی۔ مدھم لہجے میں کہنے لگا۔ " میں نے ایم اے انگریزی ادب میں کیا تھا۔ یہاں سے ہی انگریزی ادب کی طرف راغب ہوا۔ رہی بات کام کی۔ یہ بڑھئی کا کام ہمارا اجدی پیشہ ہے اور میں یہ کام اپنے فارغ اوقات اور ویک اینڈ پر کرتا ہوں۔ مجھے اپنے اس کام سے بہت لگاؤ ہے۔"

ابھی میں پہلے شاک سے ہی سنبھل نہیں پایا تھا کہ دوسرے انکشاف نے مجھے حیرت زدہ کر دیا۔

" ویسے آپ باقاعدہ کیا کام کرتے ہیں ؟" میں نے پوچھا۔

" میں اسلام آباد میں انکم ٹیکس کے محکمہ میں ڈپٹی کمشنر ہوں۔ پانچ دن اسلام آباد میں گزارتا ہوں اور ویک اینڈ پر یہاں جہلم شہر میں فرنیچر بنانے کا کام کرتا ہوں۔ کبھی اسلام آباد آنے کا اتفاق ہو تو ضرور تشریف لائیں۔"

"ضرور ضرور۔ آپ کے پاس بزنس کارڈ تو ہو گا۔ "میں نے اپنا کارڈ نکالتے ہوئے پوچھا۔ اس نے میرا جملہ سن کر جیب سے کارڈ نکالا۔ کارڈ پر لکھا میں نے اونچی آواز میں پڑھا۔

" رحیم بخش ٹھوکا۔ ڈپٹی کمشنر۔ انکم ٹیکس اسلام آباد۔ فون نمبر وغیرہ وغیرہ "رحیم بخش ٹھوکا کے الفاظ پر میں چونکا: " کیا ٹھوکا آپ کا خاندانی نام ہے ؟"

"نہیں جناب" اس نے مسکراتے ہوئے کہا۔

"جب میری تعنیاتی اسلام آباد میں ہوئی تو میرے ساتھ کام کرنے والوں کو اس بات کا پتہ چل گیا تھا کہ میں ایک غریب خاندان اور وہ بھی بڑھئی خاندان سے تعلق رکھتا ہوں۔ میں اچھی طرح سے جانتا ہوں کہ وہ لوگ ہر جائز و ناجائز طریقے سے دولت سمیٹنے کے چکر میں رہتے ہیں۔ مگر دکھاوے کے طور پر نہایت ایماندار اور میں ان کے درمیان ایک 'کالی بھیڑ' ہوں۔ مجھے پتہ چلا کہ کچھ لوگ میری عدم موجودگی میں مجھے نفرت سے 'ٹھوکا' کہتے ہیں"۔ اس نے ٹھوکا پر زور دیتے ہوئے کہا۔" آپ کو تو معلوم ہے پنجاب میں بڑھئی کو حقارت سے ٹھوکا کہتے ہیں۔ محض ایک گرا پڑا انسان۔ کمی کمین۔ لوگوں کی منجھیاں اور پیڑھیاں ٹھوکنے والا۔ معمولی آدمی"۔

وہ تھوڑی دیر کے لئے رکا۔ پھر کہنے لگا۔ "ایک بار میں نے اپنے کانوں سے بھی سنا۔ میرے ایک ماتحت نے اپنے کسی آدمی سے گفتگو کے دوران مجھے ٹھوکا کہا تھا۔ اسی دن میں نے 'ٹھوکا' کے لفظ کو اعتبار اور احترام دینے کا فیصلہ کر لیا۔ دوسرے دن میں نے اپنے آفس کے باہر اپنے نام کی تختی اور بزنس کارڈ میں "رحیم بخش ٹھوکا" لکھوا لیا۔ اب جب مجھے لوگ ٹھوکا 'صاحب' کہتے ہیں تو مجھے بہت خوشی ہوتی ہے۔ ایک فخر کا احساس ہوتا ہے۔ میرے ابا گیلیوں کو ٹھوکا کرتے تھے اور میں گیلی فروشوں اور ٹیکس چرانے والوں کو ٹھوکتا ہوں۔ پوری ایمانداری اور پوری دیانتداری سے۔"

اس کی آواز میں ایک اعتماد اور ایک غرور اور سچ کی دھمک تھی اور لہجے میں ایک عجیب سی طمانیت اور سرشاری بھی۔

(۹) چمکی

رخسانہ ناز

اے چمکی، کمبخت نگوڑی ماری کبھی ٹیم پر بھی تو نظر آیا کر۔ ہر وقت دیکھو اِدھر اُدھر مٹکتی پھرتی ہے۔

گُرُو کا غصہ عروج پر تھا۔

سُن گُرُو! میرے پر زیادہ برسا نہ کر! ہاں میرے کو بہت برا لگتا ہے۔

چمکی کا چہرا ابھی تمتمانے لگا تھا۔

تُو تو رانی ہے نا دنیا جہان سے نرالی ہے جو تجھے کچھ نہ کہا جائے۔

گُرو! کبھی نازو، انجلی، نینا، کوئل اور وہ موٹی کالی ترانہ کو بھی ڈانٹا کرو، وہ بھی تیری نقل کر کر کے مجھے ڈانٹتی ہیں۔ کل تیرے مرنے کے بعد وہ میرے پر ظلم کریں گی تو تیری نسل تو ہے نہیں میں تیری روح کو رو رو کے بد دعائیں دوں گی۔

چمکی نے آنکھیں مٹکا مٹکا کے بد دعا کے لئے فوری طور پر ہاتھ بھی اٹھا لئے۔

اے تیرا ستیاناس جائے منحوس، مریں میرے دشمن۔ گُرو نے جو اپنی جوتی پیر سے نکالی تو چمکی اچھل کر دور بھاگی۔ جب نازو کا ہاتھ دھپ کر کے اس کی کمر پر لگا تو وہ اوئی کہہ کر چلائی۔

اللہ کرے تجھے کل سنگل (سگنل) پر بھیک نہ ملے اور پولیس تجھے پکڑ کے لے جائے۔ اور تیری وہ کُٹ لگائے کہ تیرے ہاتھ ٹوٹیں نازو ٹازو۔ چمکی کو رونا آ رہا تھا۔

گُرو تُو گواہ رہ یہ مجھے بھی بد دعا دے رہی ہے۔ نازو نے منہ بسور کر کہا

چل نازو چھوڑ اب اس کی بد دعا کسی کو نہیں لگتی، لوگ اس کو بھیک نہیں دیتے، ڈرتے جو نہیں اس سے۔

گُرو نے نازو کی ڈھارس بندھائی۔

گُرو یہ چمکی چورنی بھی ہے کل اس نے میرا میک اپ کا بکسہ (بوکس) چرا کر میک اپ کیا تھا اس لئے اس کے چہرے پر دانے بن گئے ہیں،

نازو کو قلق تھا

گُرو! یہ بھی تو میری سرخی لالی استعمال کرتی ہے میں نے تو کچھ نہیں کہا۔ اور کل کلاں کو اگر میں گُرو بن گئی تو اپنے سب چیلوں سے پیار کروں گی۔ تیری طرح ظلم نہیں۔ چمکی کو یقین تھا کہ کل وہ سب کی ماں بنے گی،

تو چپ کر عبدل رضیہ! نازو نے ڈانٹا

میں عبدل رضیہ تُو فیکا رانی۔ چمکی نے ترکی بہ ترکی جواب دیا۔

اچھا اب یہ لڑائی بند کرو اور بتاؤ کہ ترانہ کی بہن کی شادی میں کون کون جائے گی، گُرو نے یاد دلایا۔

گُرو ظاہری سی بات ہے ترانہ ہماری بہن بھی ہے اور سہیلی بھی، اس لئے ہم سب جائیں گی۔ خوب ناچ گانا کریں گی، نازو کے چہرے پر خوشی پھوٹنے لگی۔

ہاں نازو جان پر ترانہ نہیں جائے گی۔ چمکی اچانک اداس ہو گئی۔

وہ کیوں؟؟؟

اس کے گھر والے اسے پسند نہیں کرتے۔ جب اس کی بہن کی منگنی تھی تو اس کے بڑے بھائی نے ترانہ سے کہا تھا کہ تُو نے خاندان کی ناک کاٹ دی ہے۔ تُو لڑکے والوں

کے سامنے نہ آور نہ ہماری بیستی ہو جائے گی۔

چمکی نے اس کی معلومات میں اضافہ کیا۔

لیکن جہیز بھی تو ترانہ نے تیار کیا ہے۔ اور بیچاری کئی سالوں سے ناچ گا کر اور بھیک مانگ کر ایک ایک پیسہ جوڑتی رہی ہے۔ اور جہیز نہ ہونے کی وجہ سے ہی بہن اتنے دن اماں باوا کے گھر بیٹھی رہی ہے،

گُرُو کو بھی افسوس ہو رہا تھا۔

گُرُو جی پیسوں سے کسی کو کیا دشمنی ہو سکتی ہے ؟ وہ تو ہر جگہ سے آئے ہوئے بڑے اچھے لگتے ہیں۔

شادی کے ایک فنکشن (فنکشن) میں جب ایک شرابی نے ناچتی ہوئی ترانہ کو چھیڑا تھا تو مجھے بہت غصہ آیا تھا۔ میں نے کہا ہم بھی انسان ہیں، پھر میں، شرمیلی، نینا، انجلی، گلابو، اور آپا ستارہ نے مل کے خوب اس کی ٹھکائی کی تھی۔ اس کمینے کو تو لوگوں نے بچایا ورنہ ہم اسے مار ہی ڈالتیں، نازو کی سانس دھونکنی کی طرح چلنے لگی،

ترانہ کا بھائی کہتا ہے کہ ترانہ کو بگاڑنے میں ہمارا ہاتھ ہے۔ ہم نے کہا تم نے مار مار کے گھر سے نکالا تو وہ ہمارا پیار دیکھ کے ہماری طرف چلی آئی۔ چمکی نے گُرُو کی طرف دیکھ کے کہا،

اس نکھٹو جواری سے کہو کہ شکر کر کہ تیرا گھر ترانہ سے پیسوں پہ چل رہا ہے۔ اب بہن کے لئے اچھا رشتہ بھی آیا ہے۔ جا پوچھ اس سے کہ ہیجڑا کون ؟ تُو یا ترانہ۔۔۔

گُرُو کو افسوس تھا۔

گُرُو زمانہ ہمیں جینے نہیں دیتا ہم تو کوئی کام بھی نہیں کر سکتی۔ پھر بھی ہم چپکے چپکے سب کی زندگی کی گاڑی کھینچتی ہیں اور ذلیل بھی ہوتی ہیں۔ گُرُو میری ماں زندہ ہوتی۔ تو

میرے سے پیار کرتی۔ باقی اولاد کی طرح رکھتی۔ تُو مجھے یہاں تو لے آئی گُرُو پر تُو بھی ڈانٹتی ہے،

بیٹا پیار بھی تو کرتی ہوں۔ تو بے وقوفیاں نہ کیا کر بس۔ گُرُو نے اس کا ماتھا چوما۔

ہمارے اس خاندان میں تُو سب سے چھوٹی ہے اس لئے میں چاہتی ہوں کہ تُو زیادہ مسکوٹیاں نہ کیا کر،

ورنہ باہر تیرا جینا اور مشکل ہو جائے گا۔

اچانک دروازے پر دستک ہوئی اور انجلی کہیں سے نمودار ہوئی لپک کے دروازہ کھولا۔ اور تقریباً حیرت سے اس کا منہ کھلا کا کھلا رہ گیا۔

گُرُو اے گُرُو، ہو جا شروع، بدھائی لینے کے دن آ گئے۔ وہ جو بیگم کوثر ہیں نا جو نئ اس محلے میں آئی ہیں ان کے بیٹے کے ہاں بیٹا ہوا ہے۔ اور اس خوشی میں ہم سب کو ناچنے گانے کے لیے بلایا ہے،

بیگم کوثر کا نام سنتے ہی گُرُو کا چہرہ فق ہو گیا، یہ نام کہیں لاشعور میں موجود تھا۔ کوثر،،، ،وہ زیر لب بڑبڑایا

کیا ہوا گُرُو؟؟؟ بڑے دنوں بعد ہی تو کسی نے ہمیں پوچھا ہے ورنہ تو یہ لوگ ان اپنی پالٹیوں (پارٹیوں) میں ٹیلی ویژنوں کے سنگر کو بلاتے ہیں یا ان کنجریوں کو، جو اسٹیج پر آدھے کپڑوں میں ڈانس وانس کرتی ہیں۔ گُرُو ایک ٹک آسمان کی طرف دیکھے جا رہا تھا۔ جیسے خلاؤں میں کچھ تلاش کر رہا ہو،

کوثر! تُو بڑی اچھی لگ رہی ہے آج، میری دوست بنو گی!!! میں تجھے اچھے اچھے کپڑے بھی لا دوں گی،

لادوں گی نہیں لادوں گا۔ کوثر نے اس کی آنکھوں میں جھانکتے ہوئے کہا،

ہاں وہی مطلب لادوں گا، دانش محسن نے شرماتے ہوئے کہا۔

تم لڑکیوں کی طرح شرماتے ہوئے زہر لگتے ہو۔ مگر مجھے اچھے لگتے ہو، کیونکہ بچپن ہی سے میں تمہارے ساتھ ہی پلتی بڑھتی رہی ہوں، ہاں البتہ ماں باپ زندہ ہوتے تو شاید تم سے ملنے کو منع کرتے، کہ تم میں لڑکیوں والی خصوصیات ہیں،

کوثر افسردہ سی ہوگئی۔

اسی لئے تو ماموں جان منع نہیں کرتے کہ تم میں لڑکیوں والی خصوصیات ہیں اور بے ضرر سے ہو۔

لوگ ہیجڑا کہ کر میرا مذاق اڑاتے ہیں۔ لیکن میں کچھ کر نہیں سکتی۔ مطلب کر نہیں سکتا، دانش محسن نے کوثر سے نظریں چرا کر لفظ سکتا پر زور دیا۔

تم کس قسم کی لڑکی ہو؟ جو مجھ جیسے ہیجڑے کے لیے دل میں خلوص اور ہمدردی رکھتی ہو،

یہ ہمدردی نہیں اچھی طرح تم جانتے ہو کہ میں اسے کیا نام دے سکتی ہوں۔

ہاں بی بی لیکن ہمارے معاشرے میں اس قسم کی چیزوں کی کوئی گنجائش نہیں۔ لوگ میرا مذاق تو اڑاتے ہیں ساتھ میں تمہاری بھی جگ ہنسائی ہوگی۔ دانش محسن سنجیدہ تھا۔

توکیا ہوا؟ کیا کوئی شخص تم سے بڑھ کر مجھے چاہ سکتا ہے؟

میں شخص ہی تو نہیں ہوں،،،،،

انسان بھی نہیں۔۔۔۔

شاید نہیں !!!!لوگ سمجھتے ہیں کہ ہم ہر لحاظ سے مرے ہوئے لوگ ہیں۔ معاشرتی،

جذباتی، وغیرہ وغیرہ۔

اگر اسکول میں سب کو نظر انداز نہ کرتا تو کالج تک کبھی نہ پہنچتا۔ لیکن کالج میں بچ نہیں پایا۔

خواجہ سراء، ہیجڑا، کھسرا، چھکا، تیسری جنس۔ اور مخنث، جو جس علاقے سے تھا ویسا ہی ایک نام دیا۔ جس کا مطلب ایک ہی بنتا ہے، ناکارہ، یوزلیس۔ جہاں میری تربیت ہونی چاہیے تھی وہاں میرے اندر ٹوٹ پھوٹ شروع ہو گئی۔ مجھے اپنے جیسے محبت کرنے والوں کی تلاش شروع ہو گئی۔

دانش محسن کو یوں ٹوٹتے دیکھنا اب اس کا معمول بن گیا تھا،

لیکن میں ہوں نا تمہارے کے لیے،،،،،،،، کوثر رو دینے کو تھی۔

نہیں! ایسا نہیں ہوتا۔ اور نہ ہی ہو سکتا ہے۔ نہ ہی شاید ہوا ہو گا۔

شاید ہوا ہو گا!!!! یعنی موہوم سی ایک امید؟

نہیں یہ امید ہی تو نہیں باقی۔ کوثر پروین!

ڈاکٹر کہتے ہیں یہ ایک نفسیاتی مسئلہ ہے۔

کبھی میں نے تم سے شعور سے ماورا کوئی بات کی؟ نفسیات کا تعلق دماغ سے لیتے ہیں لوگ؟ دماغی خلل آج کے انسان کے نزدیک قابل قبول ہے۔ مگر جسمانی نہیں، اسے عیب گردانا جاتا ہے۔ اور ہم معاشرے کا عیب ہیں۔ کسی گھر میں پیدا ہوں تو وہ گھر عیب دار ہو جاتا ہے۔ ہر شخص کا چہرا یوں پیلا پڑ جاتا ہے۔ جیسے زمانہ جاہلیت میں لڑکی کی پیدائش پر ان کے گھر والوں کا ہوتا تھا۔ مگر آج کہیں کہیں لڑکی کو تو اس کا مقام دلا دیا گیا ہے، مگر ہم اپنے مقام سے گرا دیئے گئے۔ اب کسی شہ یا بادشاہ کے دربار کے بہی خواہ نہیں ہو سکتے کہ ہماری جگہ اوروں نے لے لی ہے۔ جو واقعی کوئی اور کام کاج نہیں کر سکتے۔

دانش محسن ہلکے سے مسکرا دیا۔

ائے گُرُو ٹکر ٹکر آسمان کی طرف کیا دیکھ رہی ہو؟ انجلی نے اس کی آنکھوں کے گرد ہاتھ نچایا۔

وہ نجانے کس چیز کے سحر میں تھا۔ اب تو وہ اس ماحول اس زبان اور ایسی ہی گفتگو کو پسند کرتا تھا۔

منحوس ماری اس قدر خوش ہونے کی کیا ضرورت پڑ گئی ہے تجھے؟

گُرُو، وہ بیگم کوثر کے بیٹے کے ہاں۔۔۔۔۔۔۔۔ باقی لفظ اس کے منہ میں ہی رہ گئے۔ کیونکہ پہلی بار اس نے اپنے گُرُو کی آنکھ کے کسی آنسو کو پلکوں سے گر کر خودکشی کرتے دیکھا۔

گُرُو ! کیا ہوا؟تُو رو رہی ہے؟انجلی نے اپنی شہادت کی انگلی سے اس کے آنسو کو محسوس کرنے کی کوشش کی۔ گُرُو نے اسے اپنے سینے سے لگا لیا۔ انجلی محبت سے عاری دل رکھنے والے اپنے گُرُو کی اس تبدیلی پر حیران تھی۔ البتہ دور کھڑا چمکی دونوں کو شاکی نظروں سے دیکھنے لگا تھا۔ جب گُرُو کی بھیگی نگاہیں اس کی نگاہوں سے ٹکرائیں۔ تو ابرو کا اشارہ پا کر فوری طور پر گُرُو کے سینے پر وہ بھی اپنی جگہ بنا گیا۔

انجلی !!! یہ گُرُو کتنی ڈرامہ باز ہے نا۔۔۔ منہ پھٹ چمکی سے نہ رہا گیا،

ہاں دل میں خوش ہو رہی ہے، کہ چلو کچھ دیر کے لیے ان کی شکلیں تو گم ہو گی کسی فکشن (فنکشن) کے بہانے۔

چلو تم لوگ جا کے تیاری کرو۔ گُرُو کا حکم پا کر وہ دونوں تیزی سے ناچتے گاتے اندر کی طرف بھاگے۔

گہرے سیاہ بادل پورے آسمان کو ڈھانپے ہوئے تھے۔ اِدھر آسمان رونے کو تھا اور اُدھر کوثر کی آنکھیں جھر جھر بہہ رہی تھیں۔ دانش محسن نے اس کے ہاتھ تھام رکھے تھے۔ اور اسے سمجھا رہا تھا،

پاگل نہ بنو کوثر۔ تمہارا ماموں زاد ریاض شیر وانی ایک اچھا اور خوبصورت مرد میرا مطلب لڑکا ہے۔

اس سے کیا فرق پڑتا ہے؟ وہ مجھے خوش تو نہیں رکھ سکے گا کیوں کہ میری خوشیاں تو تم سے وابستہ ہیں۔

کوثر پروین بچھڑنے کے خیال سے ہی آزردہ ہو گئی۔

تم دنیا کی واحد لڑکی ہو، جسے واقعی اپنے آپ سے پیار نہیں ہے۔ ورنہ لڑکیاں تو دن رات شہزادوں کے سپنے دیکھتی ہیں۔ یا کم از کم ایسے ساتھی کے جو اسے زمانے کی گرمی و سردی سے محفوظ رکھ سکے۔ اسے ہر طرح کا سکھ اور آسائش دے سکے۔ اور ریاض میں وہ ساری خوبیاں موجود ہیں۔ تم بے فکر رہو اور خوش بھی کہ میں کسی بھی لڑکی سے شادی نہیں کر سکتا۔ اس لئے میرے ہر جائی ہونے کے کوئی چانسز نہیں، وہ بے تحاشا ہنسنے لگا تھا،

دانش محسن بس ایک بار کہو کہ تمہیں مجھ سے پیار نہیں ہے۔ تم مجھ سے اپنی جان چھڑانا چاہ رہے ہو،

اس کے لہجے میں شکایت تھی۔

میں تم کو ہمیشہ یاد رکھوں گا سہیلی۔۔۔

شادی کے ابتدائی چند مہینے خواب کی مانند گذرے۔ ریاض واقعی ایک اچھا شوہر

ثابت ہوا۔ مگر ایک روایتی مرد بھی۔

سگنل پر گاڑی ہری بتی کے انتظار میں کھڑی تھی۔ کہ بالکل قریب سے آواز آئی۔

اے بیگم صاحبہ تیرے بچے جیئیں۔ سلامت رہیں۔ خیرات مانگ رہی ہوں اسی کا صدقہ ہی دے دو،

بیگم صاحبہ نے پرس میں سے پچاس کا نوٹ نکالا اور اسے تھما دیا۔ خیرات مانگنے والے بچے کی بلائیں لیں اور آگے بڑھ گیا۔ جاتے جاتے بچے کی طرف بڑے پیار سے دیکھا کیونکہ بچے نے اس کے دوپٹہ کا کونا ہاتھ میں پکڑا تھا اور اسے کھینچ کے مسکرا رہا تھا۔

ڈرائیونگ سیٹ پر بیٹھے مرد نے عورت کو کینہ توز نظروں سے دیکھا۔ اس کے منہ میں جیسے کڑواہٹ گھل گئی تمہارا بس چلے تو سب کو اٹھا کر گھر لے جاؤ۔ ابھی تک دل سے ان کی محبت نہیں گئی۔ بڑے افسوس کی بات ہے کہ میرا رقیب ایک ہجڑا ہے۔

آپ خدارا اس طرح کی بات تو نہ کریں وہ میرا اچھا دوست ہے۔ کوثر کو دکھ ہوا۔

اچھا دوست بھی ہے اور بچپن کی اچھی سہیلی اور۔۔۔ ہم راز بھی۔

وہ طنز کئے بغیر نہ رہ سکا۔

ریاض پلیز !!!! آپ کیوں مجھے زچ کرتے ہیں ؟کیا دوستی، خلوص، مہر، محبت یہ چیزیں زندگی کی کتاب سے خارج ہو چکی ہیں۔ ہمدردی اور انسانیت نامی چیزیں ناپید ہو چکی ہیں۔ آپ بے شک ان سے کنارہ کشی اختیار کریں مگر یہ اختیار حاصل نہیں کہ کسی کو برا کہیں۔ خدا کی مخلوق ہیں۔ احساسات رکھتے ہیں اور سب سے بڑھ کر یہ کہ میری اور آپ کی طرح اس دنیا میں رہتے ہیں۔ آپ یہ بھی تو دیکھیں کہ انسانی جبلت و فطری خواہشات ان کی زندگی سے کتنی دور ہیں۔

تقریر آپ اچھی کر لیتی ہیں بیگم صاحبہ !مگر آپ یہ کیوں بھول رہی ہیں کہ انہی

خواہشات کی تکمیل کے لئے وہ برے راستوں پر بھی چلتے ہیں۔ اور پورا معاشرہ خرابی کی لپیٹ میں آجاتا ہے۔

وہ ہنوز زہر خند مسکراہٹ لئے ہوئے تھا۔

پانچ انگلیاں برابر نہیں ہوتیں ریاض! اچھے برے لوگ ہر جگہ ہوتے ہیں۔

اس نے کسی اپنے کا دفاع کرنا چاہا۔ وہ اسے ویو مرر میں دیکھ رہی تھی، اب وہ کسی اور گاڑی والے سے خیرات مانگ رہا تھا۔ لیکن اس کی بلند آواز اس کے کانوں سے ٹکرا رہی تھی۔

خیرات مانگ رہی ہوں اپنی اولاد کا صدقہ ہی دے دو صاحب جی!!!!!

گُرُو! یہ دیکھ میں تیار ہو کر کیسی لگ رہی ہوں؟

چمکی ان کے سامنے آکر کھڑا ہو گیا۔ وہ بے تحاشا شرما رہا تھا۔ اور بار بار دوپٹہ سے منہ چھپاتا۔

میری چمکی بیٹی بڑی پیاری سی ہے۔ بالکل چاند جیسی اور آنکھیں۔۔۔۔ وہ چپ ہو گیا۔

بول نا گُرُو آنکھیں کتنی پیاری ہیں میری؟ چمکی ضد پر اتر آیا۔ اور بڑی بڑی آنکھیں کھول کر اس کی گود میں بیٹھ گیا

چمکتے ستاروں جیسی ہیں۔ وہ اس کا ماتھا چومتے ہوئے بولا،

گُرُو اب ہم جائیں!!!! انجلی، نازو، نینا، کوئل سمیت سب نے یک زبان ہو کر کہا۔

ہاں جاؤ لیکن اگر کوئی وہاں چھیڑ چھاڑ کرے تو جواب نہ دینا۔ پروگرام ختم ہوتے ہی آجانا۔ راستہ میں کہیں رکنے کی کوئی ضرورت نہیں،

ان کی نصیحت سوائے انجلی کے سب کو ہی بری لگی۔

لیکن اس کی ماں تو بہت لُک آفٹر کرتی ہیں مسز صمدانی!!
وہ متفکر تھا۔
ریاض صاحب میں گذشتہ پندرہ سال سے اس اسکول کو چلا رہی ہوں اس سے قبل یہ ذمہ داری میرے والد صاحب کے کاندھوں پر تھی۔ اور ہم نے اس ادارے میں شاذ و نادر ہی ایسے کیسز دیکھے ہیں۔ وہ تو فورتھ کلاس کی مس عرفانہ نے مجھے کہا کہ سلمان ریاض کے بیگ میں ان کی والدہ کا دوپٹہ ہوتا ہے اور وہ موقع ملتے ہی گرلز سیکشن میں جا کے بچیوں کے درمیان بیٹھ کر ان کی گڑیاں سے کھیلتا ہے۔
آپ لوگ اسے روکا کریں۔ ریاض کے منہ سے لفظ ٹوٹ ٹوٹ کر ادا ہونے لگے۔
ہم منع تو کرتے ہیں ریاض شیر وانی صاحب!!! لیکن ہم ہمہ وقت بچے کے ساتھ تو نہیں ہوتے نا اور پھر اور ان کے گھر جانے کے بعد ہماری ذمہ داری ختم ہو جاتی ہے۔ بہتر یہ ہے کہ کسی نفسیاتی معالج سے ان کا معائنہ بھی کروائیں۔
مسز صمدانی نے اپنا بیگ اٹھایا اور اجازت چاہی۔
سارے راستے وہ گاڑی چلاتے ہوئے سوچ رہا تھا۔ کہ وہ ننھے چھ سالہ سلمان کی تبدیلیوں اور عادات سے بے خبر کیسے رہا؟۔ جب وہ آفس سے گھر آتا تھا تو ماں اسے کھانا کھلا کر سُلا چکی ہوتی تھی۔ بس وہ اسے سوتے میں پیار کرتا اور صبح اسکول کے لئے تیار بچے کو اسکول ڈراپ کرتا۔ اسے بیٹ بال یا دوسرے کھیل کھیلنے سے کوئی دلچسپی نہیں تھی۔ جب باپ آواز دیتا تو وہ منہ بسور کر ماں کی آغوش میں پناہ لیتا۔

کوثر!!! چلی جاؤ، اور آئندہ یہاں نہ آیا کرو۔ یہ شریفوں کا محلہ نہیں ہے۔ ہماری یہ نگری تو شاید اس رُوئے زمین پر بھی نہیں ہے۔ ہم زمین وآسمان کے درمیان معلق کسی بستی کے مکین ہیں، ہمارے قدموں کے نشاں کو کوئی ہم جیسا ہی پہچانتا ہے اس لئے کہ ہماری پگڈنڈی ایک اور منزل بھی مشترک ہوتی ہے۔ جس طرح تم اپنی جنس کو پہچانتی ہو اس طرح ہم بھی اپنے تھرکتے سائے کو باآسانی شناخت کر لیتی ہیں۔ اور اسے پورے حق سے اپنے خواب نگر کا حصہ بناتی ہیں۔ اسی کہ ہم جانتی ہیں کہ ہماری مخلوق تمہاری تپتی زمین پر جل بن مچھلی کی طرح ہوتی ہیں۔ کہ اس کا تالاب میں رہنا ہی اس کی زندگی ہے یا پھر اپنا دل ہی سمندر بناؤ اور اسے اس میں چھوڑ دو مگر خیال رکھو کہ تمہارے دل کے سمندر میں اس کی آنکھوں کا نمکین پانی شامل نہ ہونے پائے۔ ورنہ اس کا ہی زندہ رہنا مشکل ہو جائے گا۔

دانش محسن کہتا رہا اور وہ چپ چاپ سنتی رہی۔

دانش !!! مسلسل چھڑی سے ضربیں پڑنے سے سلمان کا جسم لہولہان ہو گیا ہے ریاض اسے ہسٹیریائی انداز میں مارتا ہے اور اس کی چیخیں مجھ سے برداشت نہیں ہوتیں۔ وہ کہتا ہے کہ میرا رقیب روپ بدل کے میرے سامنے کھڑا ہے۔ جب وہ اسے مارتے مارتے تھک جاتا ہے تو مجھے مارتا ہے اور پھر اپنے آپ کو نقصان پہنچاتا ہے۔ مجھے دیمک چاٹ گئی دانش۔۔۔ یہ دیکھو میری میڈیکل رپورٹ۔

سہیلی تم نے بتایا کیوں نہیں وہ تڑپ کر اس پاس آکر کھڑا ہو گیا۔

اب تو وقت بھی نہیں بچا لیکن اس کو تو بچا سکتی ہوں نا، اس کو آج ایک گہرے سمندر کے حوالے کرنے آئی ہوں۔ ایک پاگل کے رحم وکرم پر کیسے چھوڑ دوں۔ وہ اسے اپنے لئے ایک سزا سمجھتا ہے، اور میرا انتقام اور بدلہ،

سلمان بیٹا ادھر آؤ۔۔۔ایک دس سالہ بچہ شرماتا مٹکتا لڑکیوں کے لباس میں سامنے آیا۔۔ دانش محسن اسے دیکھے گیا

میں نے بہت کوشش کی کہ اسے مردانہ لباس پہناؤں مگر یہ نہیں پہنتا روتا چلاتا ہے کھانا نہیں کھاتا۔ باپ کو بھی غصہ آجاتا ہے۔ اور وہ ہمیں دھنک کر رکھ دیتا ہے۔ ہم دونوں کو اپنے لئے باعث ندامت تصور کرتا ہے۔ کہتا ہے یہ میرے رقیب کا سایہ ہے جسے میں مٹا کر ہی دم لوں گا۔

سلمان بیٹا ان کے پاس رہو۔ یہ تمہیں اچھے اچھے کپڑے دیگا اور اچھی سی گڑیا بھی۔ میرے جانے کا وقت آگیا ہے۔ اس پڑھے لکھے اور باشعور معاشرے نے مجھے مار ڈالا۔ اور میں مر گئی۔

دانش محسن اسے دیکھتا رہا۔ سلمان نے بھی ایک نظر ماں کی طرف ڈالی۔

مما یہ مجھے نہیں مارے گی نا مجھے گڑیا اور کپڑے بھی لے کر دے گی۔ مجھے بھی شازیہ کی طرح کی فراک چاہیے۔

یہ لو۔۔۔بن مانگے تم کو یہ مل گیا ہے۔ کوثر نے سلمان کا ہاتھ اس کے ہاتھ میں دیا

کم از کم یہاں بظاہر زندہ تو رہ لے گا۔ باپ پوچھے گا تو کہہ دوں گی کہ دنیا کی بھیڑ میں کہیں کھو گیا۔

سلمان میرا آنچل چھوڑ دو بیٹا میں مہمان ہوں۔ مجھے جانے دو۔

دانش محسن نے بچے کی آنکھوں میں جھانکا پھر ایک نظر کوثر پر ڈالی۔

کوثر تم اپنی آنکھیں بھی تو چھوڑے جا رہی ہو۔ ان کو بھی ساتھ لے جاؤ۔

اس نے سنی ان سنی کی سلمان کے گالوں پر بوسہ دیا اور چلی گئی جاتے جاتے پیچھے مڑ کر دیکھا تو دانش محسن ننھے سلمان کی پیشانی اور آنکھیں چوم رہا تھا۔ اس نے اطمینان کا

سانس لیا اور غائب ہو گئی۔

بہت پیاری سی آنکھیں ہیں۔۔۔

کتنی پیاری گُرُو۔ چمکی نے پھر ضد پکڑ لی۔

بہت پیاری ہیں میری چمکی کی آنکھیں۔ بالکل ستارے جیسی۔

***

نَورنگ افسانے (حصہ اول)

(افسانے)

مرتب:

زرقا مفتی

Nau Rang Afsane : part-1 (Short Stories)
by: Zarqa Mufti
Edition: February '2024
Publisher :
Taemeer Publications LLC (Michigan, USA / Hyderabad, India)

ISBN 978-93-5872-489-9
9 789358 724899

کتاب	:	**نَو رنگ افسانے (حصہ اول)** (افسانے)
مرتبہ	:	**زرقا مفتی**
صنف	:	فکشن
ناشر	:	تعمیر پبلی کیشنز (حیدرآباد، انڈیا)
سالِ اشاعت	:	۲۰۲۴ء
صفحات	:	۱۱۴
سرورق ڈیزائن	:	تعمیر ویب ڈیزائن